小学館文庫

ナゾトキ・ジパング SAKURA

青柳碧人

小学館

contents

第 1 話

S A K U R A

Tokyo is the city of cherry blossoms; every avenue is planted with them in full, close-set rows; every garden boasts its carefully nurtured trees; [...] and it seems but right and just that, during the week or two when they transfigure the world, people should flock, day after day, to look at them, and store up the recollection of their loveliness until next year shall bring it round again.

東京は桜の都市です。どの通りにも、桜の木がふんだんに密に並べて植えられています。庭という庭は念入りに育てた桜の木を誇りにしています。（中略）そしてそれらの花が世界を変貌させている一、二週間のあいだに、ひと目見ようと人々が夜々群れ集い、来年再会するまでその美しさの思い出をしまっておこうとするのは、まことに正しく、しかるべきことであると思われます。

〈メアリー・フレイザー『英国公使夫人の見た明治日本』より〉

一

薄汚れたガラス窓の向こうに、桜が満開になっている。「今年は風も強くなく、また例年のように花散らしの雨が降ることもなく、あと五日は桜が楽しめるでしょう」と、今朝の報道番組で気象予報士が言っていた。

すでに取り壊しが決まり、誰も人が寄りつかなくなったこの旧学生会館。誰の目につくわけでもないというのに、なんて美しい花を咲かせるのだ。

ふと、いつかテレビで見た忠臣蔵のワンシーンを思い出す。松の廊下で刃傷《にんじょう》に及んで取り押さえられた浅野内匠頭《あさのたくみのかみ》は、その日のうちに切腹を命じられる。辞世の句を詠みながら匕首《あいくち》に手をやる白装束の内匠頭に、美しく桜の花びらが舞う。

春に死ぬのはどういう気分だろう。武士ならば「潔い」などというのだろう。だが、若葉が芽吹き、森羅万象が生を謳歌《おうか》するこの季節にその脈動を止めるというのは――やっぱり、惨めに違いない。

お似合いだ。

室内に目を移した。棚に並んだ古びたファイルの数々。かつてここを部室としていた精南《せいなん》大学文芸サークル《友《ゆう》ペン会》の創作の歴史である。もっとも、プロの作家から見れば素人の手慰みだろうが。

ファイルの右端にあるブックエンド。宝玉《ほうぎょく》を携えたいかめしい龍《りゅう》がこちらを向いている。その顔を見ていたらだんだん不安になってきた。

大丈夫だ。ポケットの中の硬い物を握りしめつつ、自分に言い聞かせる。今日この日のために立てた計画は、完璧なはずだ。

不意に、ドアが開いた。

「もう来てたのか」

入ってきた相手は言った。

「電気もつけずにどうしたんだ」

「電気がついているところを外から守衛にでも見られたらどうするんだ。この部屋はもう、使われてないんだぜ」

「そうだったな。気の回るやつだ」

やつは後ろ手にドアを閉めた。

「どうだ、調子は」

肩から下げたバッグに手をやりながらやつは訊《たず》ね、にやりと笑った。学生時代から変わらない、余裕しゃくしゃくの態度。その顔を見た瞬間、さっきまでの弱気が吹き飛んだ。

——やっぱり、こいつだけは生かしておくわけにはいかない。

「まずまずだよ」

こちらの意図を悟られないように勢いよく立ち上がりつつ、ポケットに手を入れた。

硬い物は、確実にそこにあった。

桜よ、頼んだぞ——。

二

長瀬秀次《ながせひでつぐ》は緊張で背筋をピンと伸ばしている。隣にいる同級生、平塚優作《ひらつかゆうさく》もまた、同じ。

「Hide-san. I'm Kevin. Nice to meet you!」

目の前に現れたのは外国人の青年だった。まばゆいばかりの金髪。ガラス玉のような碧眼《へきがん》。身長は秀次より十センチは高いだろう。この、精南大学男子寮《獅子辰寮《ししたつ》》には似つかわしくない、香水めいた匂いまで漂わせている。

「優作。お前何かしゃべれ」

秀次は助けを求めるが、

「いやいや、同室になるのはヒデなんだから」

優作はとりあわない。英語などまるでしゃべれない。嘆きたくなるような秀次の気持ちなど知らないと言ったように、

「Oh!」

碧《あお》い眼の彼は両手を上げるようなリアクションをして、二人のほうへずかずかと歩み寄ってきた。

「なな、なんだよ」

優作と身を寄せ合うようにして構えたが、彼は二人の脇を通り抜け、窓へと向かっていく。

「What a beautiful view! SAKURA!」

この部屋は二階で、すぐ外には桜の木が生えている。三月二十五日。新しい年度まであと七日と迫ったこの時期はまさに花盛り。昨日もこの窓の下の中庭で花見酒を浴びたばかりだった。まだ春休みで寮生のほとんどは帰省から戻ってきていないが、それなりに盛り上がった。

「桜が気に入ったみたいだ、よかったね」

上機嫌なその後ろ姿を見つつ、優作がトンチンカンなことを言っている。困ったことになった。まさか、新しいルームメイトが外国人とは。

はじまりは、わずか三十分ほど前のことだった。

秀次は寮から歩いて五分とかからない精南大学キャンパスの記念講堂の前に広がる芝生に大の字になって、燦々《さんさん》たる春の陽光を体中に吸収していた。

頭がぼうっとしているのはもちろん陽光のせいだけではない。寮の自室で目が覚めたのは午後二時半。残留する花見酒のアセトアルデヒドが気持ち悪く、水を飲んだが収まらない。わずかばかりのパンを胃に押し込め、まだ治らないので、かくなるうえはと迎え酒をした。

迎え酒をすると、どうして気分がよくなるのか不思議だ。二日酔いの気分の悪さから一転、歌でも歌いたいような気分になり、ついつい寮を出てふらりとキャンパスまでやってきた。

「春の空――」

寝転んで、漂う雲を見ていたら、昔なにかで読んだ俳句が頭に浮かんできた。

「ひねもすのたり、のたりかな」

「『春の空』じゃなくて、『春の海』！」

現実に引き戻すような声がした。身を起こす。

「春の海ひねもすのたりのたりかな。与謝蕪村《よさぶそん》！」

秀次のことを睨《にら》みつけているのは、川奈理沙《かわなりさ》。秀次の幼馴染《おさななじみ》だ。地元静岡の公立の小中学校のみならず、高校、あげくのはてに大学まで同じ東京の大学に進むことになった。もっとも学部は、文学部。秀次の所属する社会学部よりだいぶ偏差値が高い。

黒目がちで、鼻筋が通っていて、高校の頃は何人かの男子生徒に想《おも》いを寄せられていた。快活な性格で、女子からはよく相談を受けるほど頼りにされている。ところが、秀次には当たりが強いのだ。

「のたりのたりっていうのは、波がうねっている様子よ。空がのたりのたりしていたら、おかしいでしょ」

「うるせえな。こっちは迎え酒してるんだ。空だってのたりのたりするんだよ」

「えー、二日酔い？」

「二日酔いは昨日の酒、迎え酒は今日の酒。全然違うぜ。用事がないなら消え失《う》せろよ」

すぐにまた芝生の上に寝転がる。

「秀次、あんたねえ……」と言ったきり、理沙は口をつぐんだ。

理沙の母親と秀次の母親は仲が良い。その関係で、理沙は秀次の実家から、「うちのバカがちゃんと授業に出ているか見てくれない？」と仰せつかったようなのだ。まあ無理もないと、秀次自身も少し思っている。大学生になり寮に入って以来、すっかり授業もサボりまくって日々遊び、はや三年。すでに留年が確定している。

対する理沙はと言えば勉学にサークル活動にアルバイトに、どれもしっかりバランスよくこなす模範的な大学生生活を送り、九月には大学院に進むための試験を控えている。大学院の教授には話が通っており、よっぽどのミスをしない限り進学は保証されているようなものだという。

同じ地元から同じ高校・大学に進んだのに、どうしてこうも違うのか。

「おや、こんなところで昼寝とは優雅なものだね」

そのとき、不穏な影が二人のそばに立った。秀次はその顔を見て、慌てて身を起こし、胡坐《あぐら》をかいた体勢になる。

やせ型で、けして背は高くない。ロマンスグレーの髪をぴっちりと固め、柔和な笑顔の下に鉄のような厳格さが隠れている。

「雄島《おじま》教授……」

雄島総一郎《そういちろう》。秀次の所属する社会学部のゼミの教授だった。

「長瀬君。卒業が一年延びたそうじゃないか」

「ええ、面目ないです」

「いいんだよ私としては。君の卒論を読むという苦行が先送りになったわけだからね」

さりげなく皮肉を言うと「ところで」と雄島教授は言葉を継いだ。

「今日は君に頼みがあって探していたんだ」

「頼み？」

おかしなこともあるものだ。成績は下の下、昨年度総取得単位数10の俺に教授が頼みだなんて……と、秀次は胡坐をかいたまま背筋を伸ばした。

「君はこのたび、獅子辰寮の代表になったそうだね」

「ああ、はい」

大学のシンボルであるライオンと龍から猛々《たけだけ》しい名をつけられたものの、女子禁制、男同士のばかばかしい日常が繰り広げられるカオスな空間となっている男子寮だ。寮では毎年、代表寮生（通常は単に「代表」と呼ばれる）を一人立てることになっている。前年度の代表が次年度の代表を指名するのが習わしであり、秀次はこの二月に前任者からその役目を受け継いだのだった。

「今日から寮に、新入生が一人入ることになった。私の友人の息子なんだ」

「はあ。そうですか」

「田島《たじま》寮長に言って、部屋も君と同じにしてもらった」

「え、俺の相方は平塚優作のはずですけど」

寮では一部屋に二人が割り当てられる。一年生の時からの悪友と引き続き同室になる予定だった。

「君は後輩の面倒見だけはいいと聞いている。可愛《かわい》い後輩が慣れない東京で生活する不安を、少しでも和らげてくれないか」

いちいち言い方が嫌みったらしい……と思っていたら、教授はわざとらしく左手の腕時計を顔の前に近づけ、右手で何やら操作しはじめた。ピンク色の、妙に四角いデザインの時計だ。

「珍しいかね。最新型のスマートウォッチだよ。十二色リリースされていて、色違いを二つ持っている。かなり性能が良くて、動画や画像、音声ファイルのデータ管理もできる。もちろん、学生の成績管理もだ。キャンパス内はWi-Fiがつなぎ放題だから利便性が高いよ。ええと、長瀬君の社会学総論の成績だが……」

「ああ！　教授！」

秀次は立ち上がった。

「わかりました、新入生の面倒、見させていただきます」

教授は不敵な笑みを浮かべると、秀次の肩をぽんと叩《たた》いた。

「そう来なくちゃ。今日、引っ越しだと言っていたな。今すぐ手伝いに行きなさい」

そんな急に……と文句を言えるはずもなく、ぐるぐる回る頭を抱えながら門へと向かう。満足そうに見送る雄島教授を振り返りつつ、理沙がついてきた。

「社会学総論、何かあったの？」

「ああ、一年次の必修で、去年までずっと単位取れずに残ってたんだ。教授に頼み込んで、研究室の掃除とレポート三枚でなんとか『可』をもらった」

はぁ、と理沙はため息をつく。

「あんたみたいな落ちこぼれ、初めて見たわ」

「うるせえ」

連れ立って正門を出たところで、おやと二人は足を止めた。サイレンを回したパトカーが二台停《と》められていて、制服警官がせわしなく動き回っているのだった。スーツを着た難しい顔の大人たちが何やら相談をしている。制服よりもっと上の立場の刑事らしかった。

「何か、事件かな?」

「さあ」

「ちょっと見てくるか」

キャンパス内に向かうスーツ姿の男性のあとを追おうとして、シャツの襟首を理沙につかまれた。

「いてっ、なんだよ」

「なんだよ、じゃない。来るんでしょ、新入生が」

「待たせときゃいいじゃねえか」

「雄島教授は、『今すぐ手伝いに行きなさい』って言ったの」

「お前、教授の手先じゃねえの？」

理沙は顔をしかめながら舌を出した。このまま看守のように寮までついてくるつもりかと思ったら「私、友だちと約束あるから。しっかりね」と手を振り、勝手に去っていった。

「結局、何しにきたんだあいつ」

警察の野次馬をする気も削《そ》がれ、寮の自室に戻った。

「おう、おかえり」

すでに寮長から話は通っており、優作は段ボール箱に荷物を詰め、運ぼうとしているところだった。二段ベッドの上段の布団はすでに運び出されている。

「卒業まで同室だと思っていたのにな」

「なにしんみりしてんの。引っ越しったって、二つ隣の部屋だよ」

そうか、と軽く笑い、優作の荷物を運ぶのを手伝った。デスクは各部屋に二つずつ備え付けられているので、大きな荷物はカラーボックスとチェストくらいのものだが、優作が趣味で集めているスニーカーが二十足くらいあり、教科書などよりそっちを移動させるほうが大変だった。引っ越しそばおごってよ。こういうのは出ていくほうがおごるんじゃないのか。そんな軽口をたたいているうち、作業は終わった。

「この部屋に入ってくる新入生、どんなやつだって？」

一人分の荷物が減った部屋で、優作が問う。

「さあな。全然聞いてねえ。……麻雀《マージャン》できるかな。花札でもいいけど」

「ヒデ、カモろうとしてるだろ」

「当たり前だ。教授に受けた恨みを晴らしてやる」

「逆恨みだよ、完全に」

優作がそう笑ったところで、ドアがノックされて入ってきた――のが、金髪碧眼のその彼だったのだ。

「Are you Hide-san?」

窓を開き、半身を外に出して満開の桜に触れようとしている彼の後ろ姿を見ながら、秀次はうめき続けている。

「なんで外国人なんかと……」

自慢じゃないが、英語はからっきしだった。社会学部を選んだのだって、入試の英語がマークシートだったからだ。マークシートなら四択なので最低でも二十五点、運が良ければ三十点くらいは取れるだろうという算段だ。大学の授業でも、英語はクラスメイトの作ったあんちょこを丸暗記してやりすごしている。

外国人の彼は暢気《のんき》なもので、「Hmm, Hmm」と何やら鼻歌を歌い出した。悠長な、聞いたことのあるメロディーだった。

「さくら、さくら！」

優作が叫ぶ。

「なあヒデ、『さくらさくら』」

「わかってるよ、それがどうしたんだ」

「彼も知ってるんだよ。音楽は世界の共通語。英語なんかしゃべらなくても、これでコミュニケーションがとれる」

何を興奮しているのかと思っているそばから、優作は彼に向けて歌い出した。

「サークーラー、サークーラー、……フーンフンフンフン」

歌詞がわからないらしかった。しょうがねえなあと助け船を出そうとして、秀次ははたと気づく。自分も続きの歌詞がわからない。

窓の外を見ていた彼がくるりと振り返った。

「『やよいのそらは』デスヨ」

ぎょっとした。碧い眼で秀次たちを見ている。

「さーくーら、さーくーら、やーよいのそーらは、みーわーたす、かーぎーりー」

澄み渡るような歌声だった。聞きほれてしまうような……と思っていたら、

『野山も里も』という歌詞もあるみたいデスネ」

「に、日本語、しゃべれるのか？」

「ハイ」彼はにこりと微笑《ほほえ》んだ。「アメリカで父の友人に習いマシタ。まだ不慣れデス」

外国訛《なま》りはあるものの、意思疎通にはまったく問題ない。そもそも本当に日本語に不慣れなアメリカ人は、「不慣れ」などという言葉は使わない。

「あらためマシテ、ケビン・マクリーガルデス。どうぞよろしくお願い申し上げマス」

二人のほうを向き直り、彼は深々と頭を下げた。

三

「ぼくはLos Angelesから来マシタ。父は、旅行会社に勤めてマス」

英語の本を小さな本棚にしまいこみながら、ケビンは自己紹介をする。表紙に富士山と扇子のイラストがデザインされているので日本文化に関するものだとわかる。同じような類《たぐい》の本が段ボールにぎっしり詰まっていた。

「父はアジア、とりわけ、日本のツアーを担当してマス。子どもの頃からぼくの家には日本人の社員さん、いっぱい出入りしマシタ。日本の話をたくさん聞いて、日本の本をたくさん読み、日本の映画やテレビもたくさん見て、日本語おぼえマシタ」

「どうりでうまいわけだ」

「ずっと日本にあこがれて、でも来られませんデシタ。今年、二十歳《ハタチ》になって、ようやく母が留学を許してくれマシタ」

「わあ、すごいなこれ！」

　優作はいちいちリアクションが大きい。開かれた段ボールの中には、提灯《ちょうちん》、番傘、独楽《こま》、能面、手裏剣、竹でできたよくわからない道具……とにかく、日本古来のものがたくさん詰め込まれていた。

「ああ、ぼくのコレクション。日本の文化、大好きデス。もっともっと日本のこと勉強して、世界に広めタイ。ヒデさん、いろいろ教えてクダサイ」

　なかなか高尚な夢を持っている……言語の壁の問題はひとまず取っ払われたが、まじめすぎる。面倒くさいのには変わりないかもしれない。

　その後もケビンの話を聞きつつ、荷物の整理を一時間ばかり続けた。

「あれ、何やってんすか？」

　廊下からのっぺりした顔が出てきたのは、すべての作業が終わった頃だった。顔に見合ったジャンボサイズの体形。四月から三年生になる大坪大吾《おおつぼだいご》だ。実家は富山県の造り酒屋であるため、部屋には常に日本酒が常備されている。

《獅子辰寮》の寮生は地方出身者ばかりで、三月末のこの時期まで帰省している者が多く、今のところ東京に戻ってきているのは秀次、優作、大吾の三人だった。

大吾も英語アレルギーは秀次と同じだったが、ケビンが日本語ペラペラだとわかると、とたんに人懐こさを見せた。

「今夜もやりますか。花見」

酒は飲めるかとケビンに訊《き》くと、「チョトだけ」と答えた。

大吾の部屋の酒瓶を二本と、昨晩しこたま買い込んで残っていたつまみを中庭に運び出す。割れかかったプラスチックのベンチと薄汚れたバーベキュー用テーブルに酒とつまみを広げれば、宴会の始まりだ。うす汚れたガラスコップに、貧乏学生にはもったいない富山の銘酒を注《つ》ぎ、乾杯した。

チョトだけと言っていたケビンはいける口で、ほろ酔いになるとさらに饒舌《じょうぜつ》になった。

「美しいデス」

コップを片手に、ケビンは頭上に咲き誇る桜を愛《め》でた。秀次たちもつられて頭上を見る。

「こうして夕べに咲く桜を見ていると、浅野内匠頭のことを思いマス」

「アサノタクミノカミ？」

聞き返す秀次のほうが片言のようになってしまった。

「忠臣蔵だよ、ヒデちゃん」

裂きイカをつまみながら、頰を赤くした優作が言った。酔うと他人を「ちゃん付け」して呼ぶくせがある。

「知ってるでしょ。吉良上野介《きらこうずけのすけ》に斬《き》りつけて『殿中でござる、殿中でござる』ってやつ」

「そうデス。江戸城松の廊下で刃傷に及んダ内匠頭は捕えられ、その日のうちに桜舞う庭で切腹しマシタ。のどけき春に美しく散る桜は、武士の死生観に影響を与えマス」

大学の講義みたいだと、秀次は苦々しく思う。昨年「日本文化各論Ⅱ」と「近世史」の単位を落としたことを蒸し返されているようだった。花見は好きだが、それを難しい話にされるとうまい酒もうまくなくなる。そんな秀次とは対照的に、

「ひょえー」

大吾は感心していた。

「すごいねケビンは。『刃傷に及ぶ』なんて日本語、俺、使ったことないよ」

「日本人より日本に詳しいんじゃないの？」

優作も上機嫌だった。面白くない。

「辛気くせえな！」

秀次はテーブルを叩いた。紙皿の上のクラッカーがかさりと音を立てる。

「切腹の話なんかで盛り上がりやがって。大吾、花札持ってこい」

「え？　やるんすか？」

「ケビンに教えてやるんだ、日本には桜の他にも花がいっぱいあるってことをな」

にやりと笑うと、「Oh, Hanafuda!」とケビンも同意した。

「ぼく、やったことない。日本のトバク！」

「ほら、ケビンもやりたがってるだろ、さっさとしろ！」

「わ、わかりました」

巨体をゆさゆささせながら寮の中へ戻ろうと駆け出す大吾……と、その巨体が角を曲がろうとしたところで、

「あっ！」向こうからやってきた誰かとぶつかった。

「いた、いたたたた」

弾《はじ》き飛ばされたのは小さな男だった。おかっぱ、丸眼鏡、赤いパーカーには黒い水玉模様がついている。

「ムシオ。実家から戻ってたのかよ」

六車良夫《むぐるまよしお》。京都出身で、新二年生だが、一浪しているので年齢は秀次の一つ下だ。文学部に所属しながら、昆虫にやたら詳しく、いまだに毎年観察キットを買い替えてアリを飼育しているらしい。年中着ているこの黒水玉模様の赤いパーカーは、寮では「テントウムシユニフォーム」と呼ばれている。

「ん？　ムシオちゃん、泣いてる？」

優作の指摘どおり、街灯に照らされたムシオの目は、泣きはらしたように見えた。

「う、うぇぇ。ヒデさん優作さん、聞いてくださいよぉ」

子どものように泣きながら、こちらに這《は》いよってくる。

「僕、今の今まで、警察に拘束されてたんですよぉ」

「警察って……お前、何をやったんだ？」

「ただ第一発見者になっただけですよぉ」

「第一発見者？　なんのだ？」

「死体です。文芸サークルのOBが、殺されたんですよぉ」

不穏な発言に、宴席が一瞬にして凍り付いた。

四

精南大学は「多様な学生生活」を建学の精神の一つに掲げている。

当然のようにサークル活動が盛んで、大学創設時からキャンパスの北の端に各サークルの部室が入っている四階建ての学生会館があった。ところがこの建物、老朽化のため、来年、取り壊されることが決まっている。キャンパスから少し歩いたところに、昨年「アトリエ緑《みどり》」と名付けられた新しい学生会館が開設され、ほとんどのサークルはすでにそちらに引っ越し済みだ。

文芸サークル《友ペン会》もその一つだ。純文学、ミステリ、ラノベ、漫画、なんでもありの方針が幅広いサークル員を集めており、昆虫観察のほかに詩を書くのが趣味のムシオはここに所属しているのだった。

《友ペン会》は、毎年この時期にサークル誌の新入生歓迎号を作っており、ムシオは副編集長に抜擢《ばってき》され、サークルの歴史をまとめたページの編纂《へんさん》という大役を任されることになった。四月一日の発刊に間に合わせなければならず、帰省をそうそうに切り上げて、昨日二十四日の夕方、京都から東京に舞い戻ってきたのだという。

サークル誌の膨大なバックナンバーのいくつかはまだ旧学生会館の部室に残されて

おり、サークル史をまとめるにはそれが必要である。ムシオは昨日、東京駅につくなり、編集長を務める部長に連絡を取り、旧学生会館の部室の鍵を借りた。

「部室の鍵はそれ一本しかなくて、代々、部長が管理することになってるんですけど、今回だけ特別ってことでした。昨日はそのまま、神田の親戚の家に泊まって、今日の午前中はカフェで編集作業をして、資料を取りに旧学生会館に到着したのは、午後二時を少しすぎたあたりでした」

ムシオは差し出されたコップに注がれた日本酒にちょびっと口をつけ、言った。

「旧学生会館は誰もいなくてひっそりしていました。三階の北の隅にあるうちの部室の扉に鍵を差し込んで回しました。すると部屋の中央のデスクに、こっちに頭を向けて人がうつ伏せになっているのが見えました。デスクには血がまるで水たまりみたいに……僕、腰が抜けちゃって……気が遠くなりながら一一〇番したみたいです」

凄惨《せいさん》な現場を想像し、一同は静まりかえっている。それにしても——、

「なんだよ、『みたい』って」

秀次は訊ねる。

「僕、ショックで気を失っちゃったんです。気づいた時には部室前の廊下に仰向《あおむ》けになっていて、警察の人に顔を叩かれていました」

「死んだのは誰だ」

「島原孝志《しまばらたかし》さんという、十年前に卒業したOBの方です。喉が切り裂かれていて……床に、ナイフが落ちていたそうです」

大吾が「ひえっ」とつぶやいた。

「去年の九月、OB会でお話ししたんですが、ミステリ作家を目指されていました。アルバイトをしながら原稿を書いて賞に応募しているが、なかなか通らないんだと、自嘲気味に笑っていた顔が忘れられません」

「ああ……そういうこと」

優作が裂きイカをつまみながら言った。秀次は優作を睨みつける。

「なんだよ『そういうこと』って」

「小説家を目指すも芽が出ず十年目。絶望に打ちひしがれ、かつて文芸に熱中して明るくすごしたサークルの部室へやってきて自ら命を絶った。夢破れたうえの自殺だよ」

うんうんと勝手にうなずきながらコップを傾ける。そんな話しながらよく酒が飲めるなとつっこもうと思ったそのとき、

「ミョーデス」

ケビンが口をはさんだ。妙なのはお前のしゃべり方だという言葉を秀次は飲み込んだ。

「武士がイノチを絶つときは、腹を切ると聞いてイマス。内匠頭もそうデシタ。なんで喉デスカ」

　また切腹の話かよ。こいつはこいつでやっぱり変なことに引っかかっている。

「あの、さっきから気になっているんですけど、どなたです？」

　ムシオが訊いた。

「今日から寮生になった留学生。俺と同室になった」

「ケビン・マクリーガルデス。以後おしみりおき、お願いしマス」

「はあ。お見知りおき、のことですか。六車良夫といいます。よろしくお願いいたします。——ヒデさん、警察の方もケビンさん同様、喉の傷のことを指摘しました」

　ムシオは急に話を戻した。

「日本の自殺者は必ずハラキリするって？」

「そうじゃなくて、傷の様子が変だと。顎の下、真一文字に切れていたんです。喉を切るにしても、利き手と逆側の動脈を斜めに傷つけるのが普通だろうってことで……まるで、背後から誰かが島原さんの喉を切ったように見えると」

「他殺だってのか？」

「はい。それで、僕が、疑われたんです」

　一本しかない部室の鍵を持っていたのがムシオなので、他殺ならムシオが犯人だろうという単純なロジックだ。

「僕、池袋署に連れていかれて、今の今まで拘束されていたんです」再び、べそをかきはじめる。「聴取って言ってたけど、あれ、完全に取り調べですよ。もう帰ってこられへんかと思った……」

地元の言葉が混じっている。

「ミョーデス」

またケビンが言った。

「鍵を普段持っているのハ、部長だといいませんデシタカ？　その人が疑われるべきデス」

「怜美《れみ》さんは、そんなことをする人ではありません！」

ムシオの大声に、ケビンはびくりと体を震わせた。優作と大吾は顔を見合わせている。

「それが部長の名前か。女なんだな」

「はい……」

もじもじしたムシオの様子から、秀次は察した。ムシオは怜美という部長に惚《ほ》れている。

「怜美さんには無理でした。島原さんの死亡推定時刻は今日の午前十一時前後だそうですから。そのとき、鍵を持っていたのは間違いなく僕です」

「合鍵は本当にないんだな？」

「ありません。いや……旧学生会館ができたときには各サークルに鍵が二本ずつ渡されたそうなんですけど、うちのサークルの場合、一本はかなり前に卒業した部員がなくしてしまったんです。古いタイプの鍵で、もう合鍵屋でも作ってくれないんです」

　ふーん、と秀次は腕を組んでムシオを見つめる。

「それじゃあ、ムシオが開けて招き入れなきゃ、そもそも被害者の島原が部屋に入ることは無理だ」

「そういうことなんですよ」またムシオは泣きそうな顔になる。「でも僕じゃないんです。そもそも島原さんに恨みなんて」

「俺たちは信じてるよ。ムシオちゃん」

　優作はムシオのコップに酒を注ぎ足す。ありがとうございますと頭を下げ、ムシオはその酒を飲んだ。こんな弱気だが、飲みっぷりはいい。

「しかしなあ、警察から見たらどう見てもお前が犯人だ。よく解放してもらえたな」

「はい。実は僕、島原さんとの会話を必死で思い返して」

　ムシオは秀次の顔を見た。

「――一人、疑わしい人の名前に思い当たったんです」

五

旧学生会館の窓から見えた桜も満開だったが、神田川沿いの景色はもっとすごい。カップル、大学生、家族連れ、スーツ姿の男たち、老人……普段は閑散としている遊歩道に集まり、みな、ライトアップされた夜桜に浮かされるように写真を撮っている。

そんな気分にはとてもなれず、彼らのあいだをすり抜けていく。

「ちくしょう……」

誰にも聞こえないくらいの声で、そうつぶやいた。

死の間際の島原の声が耳の中で聞こえる。

——さがせよ。

——……ったら、おしまいだぜ。

あいつ、何と言ったのだ？

思いつく限りのところを探したが、あれは見つからなかった。そもそも、せっかく施錠したのに、すぐに警察がやってきて、旧学生会館のそばを調べることができなくなってしまった。

通報したのは筒井《つつい》怜美に決まっている。現部長の彼女にしか、鍵は開けられないのだから。なんだって今日に限って旧学生会館の部室に行くんだ！　台無しだ。しっかり計画したのに。

……島原のアイディアを盗んだのがそもそもの間違いだったというのか？

いや、そんなことはない。あいつには壊滅的に文才がなかった。あのまま続けていたって、あいつがデビューできることは絶対になかった。でも、あのアイディアをそのまま眠らせておくのはもったいなかった。

そもそも、島原だって初めは俺の小説に自分のアイディアを使うことに同意したんだ。おかげで俺はデビューでき、人気作家とまではいかないが、ミステリで生活できるまでにはなった。ファンもいる。島原だって、俺が払い続けた口止め料に満足していたじゃないか。態度を変えたあいつが悪い。死んで当然だ。

とにかく今日、俺は島原を殺した。もうそれは動かせない事実だ。頭が痛い。早いとこ自宅へ戻り、策を考えよう。

仕事場も兼ねているマンションは目白台にある。路地の坂を上がり、右に曲がり、エントランス前の広いスペースに出た。

見慣れない二人組が佇《たたず》んでいた。一人は、びしっとスーツを着た女性。三十前後だろうか。スタイルはいいが、なぜか大仰なサングラスをかけている。隣にいるのはストライプ柄のスーツの若い男。

「光永京志郎《みつながきょうしろう》さんね」

女性のほうがサングラスを額の上に押し上げ、話しかけてきた。アメリカのドラマから出てきたような顔つきだ。嫌な予感がした。

「そうですが」

「警視庁・捜査一課の田中《たなか》よ」

「浦辺《うらべ》です」

やっぱり警察だ。しかし、こんなに早く俺のところに？　まさか、あれを先に見つけられてしまった……？　田中という女の差し出した警察手帳をまじまじと見つめながら、頭の中が暗くなりそうになる。

「島原孝志さんをご存じですね？　本日、昼ごろに亡くなりました。申し上げにくいのですが、何者かに殺害されたようです」

浦辺と名乗った若いほうが、現場が《友ペン会》の部室であること、島原の遺体の様子などを簡潔に述べた。顔がこわばらないようにするのに必死だったが、自分を逮捕しにきたのではないらしいことに安心した。落ち着けと心の中で繰り返す。そもそも警察は、あれの存在すら知らないはずなのだ。

浦辺の話の大体のことは知っていたが、一つだけ想定外のことがあった。

「六車良夫？」

「あなたの後輩で、四月から文学部の二年生だということですが、ご存じありませんか？」

「知りません」

第一発見者は、知らない後輩だった。鍵を持っているのは筒井怜美のはずなのに。しかし、そのことをこちらから言えば怪しまれてしまうだろう。

「状況から見てその六車という学生が怪しいのですが、彼と島原さんとは飲み会で数回話した程度の関係だったようでしてね。殺害する理由がないんです」

「島原も私も卒業して十年も経《た》ちますからね。現役の学生とは関わりがない」

あたりさわりのない返答をすると、田中の目が光った。

「六車が、犯人の心当たりについて妙なことを言ったわ」

筒井のことだろう。島原との関係や、それが最近こじれていたことは簡単に調べがつくはずだ。

だが田中の口から出た言葉は、京志郎をたじろがせるものだった。

「島原さんは、ミステリ作家としてデビューすることを夢見ていたけれど、なかなか芽が出なかった。『俺は、トリックはいくらでも思いつくんだが、それを物語に昇華させる力が不足している』。六車にそう語ったことがあるそうよ」

あいつ、余計なことを。これじゃあ、契約違反だ。必死で動揺を隠す京志郎と、好戦的にも見える田中のあいだに、桜の花びらが一枚、ひらりと落ちた。

「『自分以外の人間に、いくつかトリックを提供したことがあるんだ。もちろん内緒だが』……そんなことを言ったとも。自分以外の人間というのが誰のことか島原さんははっきりとは言わなかったけれど、光永さんのことじゃないかって、六車は言うの」

「まさか」

「あなたの所属していたサークルからプロの作家になった人は何人かいるけれど、ミステリを書いているのはあなた一人。さっき書店に行ってきたけど、だいぶ売れているみたいね。その作中に使われているトリックが別の人間のアイディアによるものだと世間に知られたら……プロの作家から見て、これは殺人の動機にならないかしら」

ドラマからそのまま拝借してきたような回りくどい言い方に怒りがわいた。この顔つきといい、サングラスといい、漂わせているシトラス系の香水といい、自分を女優か何かと勘違いしているんじゃないか？

「私の作品のアイディアはすべて、私の頭の中で生み出されたものだ」

「本日、午前十一時ごろ、どちらにいらっしゃいましたか？」

芝居がかかっている田中に比べ、浦辺の訊き方はずいぶん事務的だった。

「部屋で仕事をしていたよ」

「証明できる方は？」

「作家が仕事をするときは、一人だ」

浦辺は無言でうなずき、手帳にボールペンを走らせる。

「今は、どちらから戻ってこられたのでしょうか？」

「散歩だ。ずっと部屋にいると気が滅入《めい》るものでね」

「一時間半も待ったわ。私たちがアイスキャンディーだったら、とっくに溶けてるわよ」

アメリカの役者にしても下手すぎるたとえだ。

「アリバイがなかったからといって逮捕はできないだろう？　もう話がないなら行かせてもらいたい。せっかく湧いたアイディアが、逃げそうだ」

半ば振り切るようにして、京志郎はマンションに入った。二人の刑事たちは追ってこなかった。

「ちくしょう……」

再びそうつぶやいたのは、一人でエレベーターに乗り込んだときだった。

第一発見者まで計画と違う。

こうなったら、こちらから動くしかない。決定的な証拠を、作ってやるのだ。

六

猪《いのしし》と鹿と蝶《ちょう》に追われながら、萩と紅葉《もみじ》と牡丹《ぼたん》の森を走っていく。目の前の松の陰から鶴がにゅるると首を伸ばしてきて行く手を阻まれた。やつらは一斉に「寿」と書かれた杯を差し出してきて……だめだ、もう飲めない！　降参！　と叫びたいが声が出ない……。

「ヒデさん、ヒデさん！」

鶴が名前を呼んできた。泣きそうな声だった。

「ヒデさん、ヒデさんって！」

目を開ける。そこにいたのは、赤いパーカー、丸眼鏡……

「ムシオ？」

《獅子辰寮》自室の二段ベッドの下段。昨夜は酒を飲みながら花札をやっていたが、ついつい飲みすぎてしまい、記憶がない。どうやって部屋まで戻ってきたのか。

「ヒデさん、助けてください！」

ムシオの喚《わめ》き声が、頭にがんがん響く。

「どうしマシタカ？」

秀次の頭のすぐ脇のはしごを、白く細い足が降りてくる。浴衣姿のケビンだった。

「お前、寝るときそんな格好……」

「ケビン！　怜美さんが、怜美さんが！」

秀次を遮り、ムシオはケビンに泣きついた。

「怜美さんが、警察に！」

ムシオのもとに、先ほど《友ペン会》同期の女子から電話がかかってきたという。その女子は部長の筒井怜美と同じアパートに住んでいるが、今朝、騒がしいのでドアを開けてみたら、パトカーがやってきていて、筒井怜美を部屋から連れ出し、パトカーに乗せていったというのだ。

「僕、昨日番号を聞いていた浦辺さんという刑事に電話をかけて事情を聞いたんです。そしたら、怜美さんの部屋から、旧学生会館の部室の合鍵が見つかったってことでした。さっき実際に照合してみたら、現場のドアの鍵穴とぴったりだったそうです」

「ああ？　なんだって？　もう一回言ってくれ」

「鍵、ムシオが持ってたんじゃないデスカ？」

二日酔いで頭が追いつかない秀次の代わりに、ケビンがしっかり訊いている。

「うん。でも、もう一本あったって、昨日言ったでしょ？」

秀次はのそりと立ち上がり、デスクに両手をついて体を支えた。酒の瓶とコップがある。

「実は十年前に卒業したとき、島原さんが失《な》くしたふりをして持ち去っていたらしいんだ。あの部屋には当時、古本屋でもなかなか見つからない絶版の本がたくさんあった。島原さんはそれを読みたかったんだって」

ムシオの話を背中で聞きながら、秀次は瓶の栓を開け、コップに半分ほど、酒を注ぐ。

「あーそう。でも、ワカラナイ。どうしてその鍵を怜美さんが持ってるんデスカ？島原さんはずっと前の卒業生。怜美さんと親しくないデショ？」

「怜美さんと島原さんは付き合ってたらしいんだ！」

ムシオは大声をあげた。

「そういうわけで怜美さんは島原さんの持つもう一本の鍵の存在は知っていたっていうのが警察の考えなんだよ。……断じてそんなものは受け取ってないし、殺したのも自分じゃないって怜美さんは否定しているらしいけど、彼女がやったにきまってるって浦辺刑事は……」

どうしようどうしようと、手足をばたばたさせるムシオ。秀次はコップ酒をあおり、振り返った。

「しゃらくせえなっ！」

事情は全然呑《の》み込めないが、とにかく迎え酒で頭の痛みは吹っ飛んだ。音を立ててコップをデスクに置き、床にくずおれているムシオのパーカーの襟元をつかんだ。

「つまりお前は怜美を警察から救いたいんだろ？」

「は……はい」

「行くぞ」

「ど、どこへですか？」

「事件現場の、旧学生会館だ！」

七

腹ごしらえとばかりに、寮の近くのコンビニで買った総菜パンをかじりつつ、キャンパスへ向かう。どうやら昨晩がピークだったらしい桜は、普段の大学通りを桜吹雪の景色に変えつつあった。明日になったら、もっと大々的に散るだろう。

「東京は桜の都市デス」

南高梅のおにぎりをかじりつつ、ケビンだけがこの光景を堪能《たんのう》している。

「どの通りにも、桜の木がふんだんに密に並べて植えられていマス――、メアリー・フレイザーの書いたとおりデスネ」

それは明治時代に外交官の夫について日本にやってきた女性だそうだ。

「彼女の日記は、明治時代の日本を知る貴重な資料になってマス」

「どうでもいいんだそんな話は。ムシオ、さっさと事情を話せ」

「ああ、はい」

ムシオは話しはじめた。

昨晩遅く、警察に匿名で「島原の恋人だった現在の《友ペン会》部長、筒井怜美が、部室の鍵をもう一本持っているらしい」と情報が入った。警察はそれを受け、今朝になって筒井怜美のアパートへ行き、家探しをしたところ、ドアに設置されている玄関ポストの中に鍵が隠されているのを発見した。さっそく旧学生会館の現場の鍵穴と照合してみるとぴたりと一致し、筒井は連行されたというわけだ。

怜美は、被害者の島原と十一歳の年の差を超えて付き合っていた。だが、最近もめていたと、方々からの情報が入っているらしい。

警察の見立てはこうだった。痴情のもつれにより、恋人だった島原を殺害しようと考えた怜美は、一本しかないとされている鍵を二十四日の夜にムシオに渡し、二十五日の午後に資料を取りに行くように告げる。自身はもう一本の合鍵で二十五日の午前中に島原とともに部室に入り、殺害。施錠をして逃走。つまり、当該時刻に合鍵を持っていたムシオに罪をなすりつけようとしたのだ――。

筒井怜美は今のところ、島原との交際は認めているが、殺害は否認している。事件があった時刻は一人で勉強していたといい、アリバイはない。また、島原が二本目の鍵を持っていたことも知らなかったと主張している。

「信じられないです。怜美さんが、僕を陥れようだなんて」

秀次が買ってやったパンを食べようともせず、ムシオはしおれていた。

「僕には、島原さんを殺す動機なんてありません。そんな人間に、罪をなすりつけようとしますか？」

「Exactly」ケビンが何やら言った。「アリバイないのが気になりマス。計画的なのか、そうジャナイのか、わからないデス。ヒデさんはどう思いマスカ？」

「ああ、うん」

難しい話を俺に振るんじゃねえ、というのが正直なところだった。

「よくわかんねえけど、大事な後輩が困ってるんだから一肌脱がなきゃしょうがない。行って証拠を探すまでだ。犯人がお前でも怜美でもないという証拠をな」

「現場に入るつもりなんですか？」

「だからこうして来てるんだろう」

「殺人現場ですよ？　ヒデさん、頼っといて悪いんですけど、酔っ払ってますよね？」

「酔っ払いなりに、作戦はある！」

「Oh！　面白くなってきマシタ」

　ケビンがはしゃぐので、秀次の気分はますます乗ってきた。

　旧学生会館の近くまでやってきた。建物の前には刑事ドラマで見たことがある黄色い規制テープが張ってあり、制服警官が二人、立哨《りっしょう》していた。三人はとりあえず、少し離れた太い桜の木の陰で様子をうかがう。幹がぐにゃりと曲がっているので、三人が身を隠すには適していた。

「ムシオ。あの警察官どもに、昨日会ってるか？」

「いえ。知らない顔ですけど」

「じゃあ好都合だ。おいケビン」

　秀次はケビンに、ある作戦を耳打ちした。ケビンはにっこり笑って「OK」という。

　桜の陰から出て、警察官たちの前までやってくる。柔道選手のようにいかつい体格をした二人組だった。

「すみません。ボウリングサークル《アンラッキー・ストライク》の者ですが」

　眉毛の太いほうが、ぎろりと秀次の顔を睨みつけた。酒の匂いが漂っているかと少し心配になったが、それは気にしていないようだ。

「新歓で必要なマイボールを中に置き忘れてしまって、取りに入らせてもらえないでしょうか」

「ダメだ。重要な事件があって、中に入れるわけにはいかない」

これ以上食い下がると力ずくで追い返すという威圧感に満ちていた。秀次はケビンの脇腹をつついた。

「Liberal arts are the food for us to live」

警官たちが顔を見合わせる。

「Comprehensively knowing how Japan was formed, what kind of history it has, and what kind of culture it has created is...」

「お、おい。彼は何を言っている？」さっきの警官が秀次に問うた。

「すごく、まっとうなことを言っています」

腕を組む秀次の横で、ケビンは口を止めることなく警官に近づいていく。英語コンプレックスの弱みは、秀次には手に取るようにわかった。

「わ、わかった。数分だけ待つ。忘れ物を取ったらすぐに出てこい」

秀次は心の中でガッツポーズをとる。

「サンキュー・ベリマッチ」

秀次はカタカナ英語を残し、引き留める隙を与えず、扉を開く。ムシオとケビンもついてくる。

「うまくいきマシタ、ヒデさん」

「ああ、ナイスだ」

ケビンに親指を立てて見せる。合図をしたら適当に英語でまくしたてろと言っておいたのだった。もっとも、何をしゃべったのかは全然わからないが。

「昨日会ったばかりだっていうのに、すっかりコンビのようですね」

ムシオが言いながら、階段へ案内し、三階へ上がった。《友ペン会》の部室は奥のほうだった。扉は開け放たれたままで、規制テープが張られているものの、誰もいない。部屋の中を覗《のぞ》き込む。

思ったよりがらんとしている。部屋の中央には木製の机があり、どす黒い血の跡が残っていて、秀次は思わず目をそむけたくなった。デスクの左側の壁には何もないが、右側の壁にはスチール棚があり、ずらりとファイルやノートが並べられている。何もない一角には、玉を携えた龍の置物があった。

「日本は、あらゆるところに桜がありマスネ」

ケビンがやけに感心したような声で言った。デスク越しに見える窓の向こうに、桜の木があるのだった。

「ヒデさん、入るんですか。警察に見つかったらどうするんです？」

「お前、副編集長だろうが。構うもんか」

秀次は規制テープをくぐった。

「何も触らないがいいデスネ」

ケビンも後からついてくる。結局、ムシオもおそるおそるといった様子で続く。ケビンの忠告通り、現場の物に触れないようにいろいろ観察する。しばらくそうしてから、おどおどしているムシオを振り返った。

「おい。お前も捜せ。たとえば……誰か知ってる人間が身に着けていたもの。ヘアバンドとか、腕時計とか。島原を殺すときにそれを外して、置いたまんまここを出たかもしれない。動かぬ証拠だ」

思いつくままに言うが、ムシオは首を振った。

「そんなの、あったとしてももう警察が持っていってますって」

たしかにそうだ。酒の勢いでやってきたが、よく考えたら、証拠なんてそう簡単に見つかるはずもない。

「ミョーデス」

ケビンが言った。彼は机の上に広がった血の跡を見ていたのだ。

「なんだよ、また切腹《ハラキリ》の話か？」

「イイエ。右手がここに乗っていたような血の広がりかたデス」

目を逸《そ》らし続けていた机の上。死体を伝う形で広がった血はたしかに、右手だけをかたどるように広がっている。

「そうだ！　僕が発見したとき、島原さんの左手は机の下、右手は机の上に乗っていた」

「そういう体勢で倒れることもあるんじゃないのか？」

秀次は疑問をさしはさむが、ケビンは首を振る。

「右手がまっすぐこちらの壁に向かっていマス。島原さんは、この棚にある何かを指さして死んだのではないデスカ？」

「ダイイング・メッセージってことか」

ケビンはうなずき、その棚に近づいていく。龍の置物があった。

「ほこりがすごいデスネ。でも、動かした跡がありマス」

「その置物は長らく動かしてないはずですけど……」

と、ムシオが動き出したそのときだった。

「Freeze!」

電撃が走るような声がして、三人は同時にビリッと背筋を伸ばした。

開け放たれた入り口の向こうに立っていたのは、スーツ姿の女性だった。やたら襟元の広いシャツを着て、サングラスをかけ、ピストルを構えている。アメリカのドラマにでも出てきそうないでたちだった。

「田中さん、やたらめったら銃を出さないでください」

背後からストライプのスーツの男がゆっくり出てきてその手を止めた。

「浦辺は引っ込んでなさい。警察よ。あんたたち、殺人現場に侵入して何をしているの？　返答次第によっては刑務所行きよ」

現実離れしたムードに秀次たちはすっかり両手を挙げていた。何を言っても逮捕されそうな気がする。

「Oh！」

突然、ケビンが叫んだ。恐怖というより歓喜が感じられた。

「ナデシコさん！」

「ん？」彼女は銃口を下げ、サングラスを取る。きつい目をした美人だった。ケビンの姿を認めるなり、みるみるその顔が青ざめていく。

「あ、あなたは――！」

「お久しぶりデス。東京に戻ったんデスネ」

「なんでここにいるのよ」

「念願かなって、留学できマシタ。ナデシコさん、リトル・トーキョーではお世話になりマシタ。楽しい一日デシタ」

「だっ！　嫌なこと、思い出させないで！」

女性刑事は、なぜか顔を赤くして頭を抱えた。秀次はケビンの脇腹をつつく。

「おい、どういうことだ、説明しろ」

「ナデシコさんは、ぼくの友だちデス」

田中撫子《なでしこ》という、顔に似合わず可憐《かれん》な名前を持つこの女性刑事は、かつて海外の警察事情を学ぶためにロサンゼルス市警に派遣されていたのだという。

ある日彼女は、リトル・トーキョーの日本庭園で起きた不可解な殺人事件を担当したが、無実の人間を誤認逮捕しそうになった。偶然居合わせたケビンが不審な点を指摘し、無実の罪を晴らしたばかりか、真犯人まで暴いてみせたというのだ。

「何者なんだよ、お前……」

まだ酒の抜け切れていない頭が見せている幻惑なんじゃないかと思われるくらいだった。

「あら？　よく見たら六車くんね？」

秀次の横でムシオが固まる。昨日ムシオを拘束したのはこの二人のようだった。

「その横の彼は誰？　顔が真っ赤よ、酔っぱらってるんじゃない？」

図星だった。いずれにせよ、ケビンがいる限り逮捕はされなそうだと判断し、秀次はこれまでのことを早口で話す。

田中刑事はため息をついた。

「だからってねえ。一般人が殺人現場に入っていいわけないでしょうが。それに決まりよ、犯人は筒井怜美で」

「ミョーデス」

ケビンがすっかりおなじみになったフレーズを口にした。

「二本目の合鍵、どうして持っていたデスカ？」

「施錠して持ち去ったんでしょ」

「そうジャナクテ、どこかに捨てちゃえば、見つからナイ。ムシオを犯人にしたいなら、鍵は一本しかないことにしたほうがいいデス」

「う。それは……」

田中刑事は口ごもり、部下の浦辺を振り返る。浦辺も困ったように額を掻《か》いている。

ケビンの鋭さが本物であることを、秀次もようやく理解してきた。

「怜美さんは犯人ではないデス。この事件はとても計画的。ナデシコさん」

ずいっと、ケビンは田中刑事の前に一歩踏み出す。

「島原さんのお宅、見せてクダサイ。お願いしマス」

丁寧に頭を下げた。日本人でもこうはできないだろうというくらい、綺麗《きれい》なお辞儀だった。

八

島原孝志の自宅は、椎名町《しいなまち》にある単身者向けアパートだった。田中刑事は、預かっていたであろう鍵をバッグから取り出している。革でできた、桜のキーホルダーがついていた。

「いいんですか警部補、一般人を勝手に」

浦辺が小声で田中刑事に訊ねている。

「いったい、あのケビンってやつに何を握られてるんです？」

「黙ってなさい！」浦辺を叱り飛ばし、一気に鍵穴に鍵を差し込んで回した。

「わあ」

ドアを開き、中を見てまず声を上げたのはムシオだった。

「オー・マイ・カミサマ！」

ケビンも声を上げる。

けして広くないワンルーム。ローテーブルとパソコンデスク、ベッド、クッション。それらがすべて桜の柄なのだった。それだけではない。壁紙もだ。空のような淡い青色の地に、満開の桜の花と、舞い散る花びら——やがて夏が来て秋が来て冬が来ても、自分の部屋の中にはいつまでも春をとどめておきたいといわんばかりだった。

「ずいぶん桜が好きな人だったんだな」

秀次が嘆息すると、

「どうもそう単純な話じゃなかったみたいね」

田中刑事は靴を脱いで上がり、一同を手招きした。部屋に上がると、スチール製の棚に錠剤の瓶が並んでいた。

「睡眠導入剤よ。島原が小説家を目指していたのは知っているわね。新人賞に出した原稿がことごとく落とされたことに対する心境を綴《つづ》った文章が、パソコンに残されていたわ。神経がすっかり参って、最近は複数の睡眠導入剤を併用していた。こういう精神状態に陥った人の中にはね、あるひとつの色とか模様とか、そういうのに強くこだわって身の回りに集めたがる人がいるのよ」

島原にとっては桜がそれだったということだ。

「小説が選考に通らないと嘆いていたことは知っていました」ムシオが口を開く。

「でも、そんなに思いつめていたなんて」

「『今朝も目が覚めてしまった。そのまま目が覚めなければ、つらい現実を見なくて済むのに』。そんな記述もありましたね」

浦辺がどことなく悲しそうな顔で言う。小説家を目指す人間の苦悩など秀次には計り知れないが、かなりつらかったのだろう。

「そうそう。六車くんの言ったとおり、『トリックは思いつくが、小説として完成させることができなくて絶望に苛《さいな》まれている』という記述もあったわ。あとは……『あいつが売れていくのを見ているのがつらい』とも」

「あいつっていうのは？」

「あいつでしょうね」

田中刑事が指さしたのはベッドの足元にある背の低い本棚だった。「光永京志郎」という作者の本が何冊かある。ムシオが言っていた「疑わしき小説家」だ。

「光永の小説に使われているトリックはもともと島原が考えたものだった。初めはそれを隠すことに同意していた島原が、『世間にばらす』と言い出したら、光永としては黙ってはおけないはず。……でも、全部、想像の域を出ないわね」

「島原さん、ずいぶん、パソコンに詳しかったみたいデスネ」

突然、ケビンがまったく関係ないようなことを言った。

彼はパソコンデスクの上を観察している。シャットダウンされたままのパソコンの周囲に、いろいろな機器があった。

「これだけいろいろあれば、真相に近づく情報が出るじゃないデスカ？」

「デジタル班がチェックしたけれど、何もない。残されていたデータは書きかけの小説ばかりよ」

「Hmmmm...」

いきなりアメリカ人に戻ったようなうなり声をあげながら、ケビンは部屋の中を歩きはじめる。やがて、秀次のすぐそばで立ち止まった。視線の先には桜の壁紙――画鋲《がびょう》で張り付けられた名刺大の紙がある。なんだよこれと秀次は顔を近づける。《立花《たちばな》造花店》とあった。

「造花だってよ」

「ゾウカ？　それ、ぼく、ワカラナイ」

「作り物の花だ」

「Oh, imitation」

ケビンは顎に手を当てて目を伏せ、しばらく考え込んだかと思うと、ひょいと顔を上げ、田中刑事のほうを見た。

「ゾウカ、この部屋にありマス？」

「それなら所轄の刑事が調べましたよ」田中刑事の代わりに浦辺が答えた。「今月十五日に、島原は桜の枝の造花を注文しています」

「こんな桜まみれの部屋よ。桜の造花くらい買うでしょう」

「見た感じ、なさそうだけどな」部屋を見回しながら、秀次は言った。

「捨てちゃったんじゃないの？　すぐに飽きたか、気に入らなかったか」

　と田中刑事が言ったそのとき――、

「What a Japanese! SAKURA!」

　ケビンが叫んだ。なぜかその目はきらめき、口元は微笑み、天を仰いでいる。

「あな美しきカナ、和の心。ダディ、マミィ、ぼくは今、間違いなく、日本にイマス！」

「なんだお前」

「犯人は策にはまりマシタ。何といいましたカ、あの四字熟語。Right, left, right, left…」

「右往左往？」

　答えたムシオの顔を、ケビンは指さす。

「Ｙｅｓ！　右往左往。犯人はいきあたりバッタリ」

　本当にこのアメリカ人留学生は、よくわからないことばかり言う。

「ケビン、お前、この事件は計画的だって言ってなかったか？」

「そうですヒデさん」ケビンは秀次の顔を見て、にっこり笑った。

「でも計画的だったのは犯人じゃナイ。島原さんのほうデス」

九

午後三時。池袋署の取調室に、光永京志郎はいた。

取調室など、作品の中で何度書いてきたかわからない。作品の中にはコンクリート打ちっぱなしの息詰まる空間をイメージして書いてきたが、実際はどうだ、壁紙は真っ白で、蛍光灯は明るく、まるでエステサロンのような清潔感が漂っている。もっとも、小さい窓には鉄格子が付けられており、ここが警察署内であることを思い出させる。

もう一つ忌々しいのは、すぐ左の壁にある鏡。あれがマジックミラーであることなど知っている。向こうから、こちらの様子をうかがっているのだろう。

ドアが開く。入ってきたのは、昨日、自宅近くで待ち伏せしていた二人組、たしか田中と浦辺とか言ったか。

浦辺は京志郎に目もくれず壁際のデスクについてノートパソコンを開き、田中は京志郎の正面でポーズでもとるかのように腕を組んだ。カチューシャのようにサングラスを装着している。

「大学にいたんですってね」

開口一番、田中は言った。

そのとおりだった。今日は、旧学生会館の隣の二号館の茂みのあたりを重点的に探した。あいつのことだから排水溝の中にでも隠したのかと思い、わざわざ茂みの裏にまで回り込んだが、それでも、あれは見つからなかった。次は図書館のほうへ――と思っていたところ、制服警官に声をかけられ、そのまま任意同行を求められて、ここへ連れてこられた。

「大学関係者のうちの何人かに訊いたら、昨日もあなたを見たという証言が複数得られたわ」

「人違いじゃないか？」

「どうして卒業した大学に、二日も連続して？」

京志郎の返答を無視し、高圧的に田中は迫ってくる。こいつらだって、あれを見つけてはいないだろう。

「この時期は桜が綺麗なんだ。母校の桜を見に来ちゃ、逮捕されるのか？」

「桜、本当に見たの？」意味深にも見える笑みを浮かべると、彼女はどん、と一冊の本を置いた。ハードカバーの本。

「あなたのデビュー作よ。『前代未聞の叙述トリック』が駆使された大作って、各方面から絶賛されたそうね」

「ああ」

「Aだと思わせていた視点が実はBのもので、Bだと思わせていた視点が実はCのもの。――ここまで読者に気づかせておいて、Cだと思わせていた視点はAのものではなく、七十年も前に死んだ人間のものだった――という大どんでん返しが待ち受ける」

「読んでくれたのか、ありがとう」

「いいえ。ネタばれサイトよ」

ちっ、と思わず舌打ちが出る。

「どいつもこいつも失礼な世の中だな」

田中はお構いなしと言わんばかりに、顔を近づけてきた。

「こんなトリック、どうやって思いつくの」

「企業秘密だ」

「本当は、別の人間のアイディアだったんでしょ」突然、切り込んでくる。「あなたはそれを口止めし続けたけれど、ついに本人が公表すると言い出した。……これは立派な殺人の動機になるわ」

「おいおい。あれが島原のアイディアだなんて証拠がどこに？」

「あら？　私は島原さんだとは一言も言っていないけど？」

勝ち誇ったような顔。ばかばかしい。

「今の言い草だと、誰でもそう思うだろうが」

「そう。あなたは島原さんの殺害を思い立った。同じ時期、島原さんが十一歳年下の現役の《友ペン会》の部長、筒井怜美と恋愛関係にあり、その関係がもつれていることを知った」

そこから田中が立て板に水とばかりに語ったのは、まさに事実だった。

十年間隠し持ち続けた合鍵を使って、旧学生会館の部室で待ってろと島原に告げる。合鍵のことは光永と島原以外には誰も知らず、現部長の筒井しか持っていないことになっている。部室で殺害すれば必然的に筒井に疑いがかかる——。

「ところがあなたにとって一つ計画外のことが起こった。二十四日の夜、筒井さんはサークル誌の新歓号の資料を翌日取りにいく六車くんに鍵を渡していた。それで、島原さんに何の恨みもない六車くんが疑われることになってしまった。六車くんは数少ない島原さんとの会話の記憶から、必死にあなたのことを思い出した」

どうりで俺のところに来るのが早かったわけだ。京志郎は心の中で自嘲する。新歓号……嬉々《きき》としてあれを作っていた頃の記憶を忘れた俺への報いだというのか。

「私たちに疑われていると焦ったあなたはすぐに行動を起こした。現場から持ち去った合鍵を持って筒井さんのアパートへ行き、ポストの中に放り込んだのね。しかしあれはミステリ作家にしては杜撰《ずさん》じゃないかしら。一番の証拠の鍵をポストなんてわかりやすいところに隠しておく犯人なんていないわ。捨ててしまえばいいんだもの」

挑発に乗るわけにはいかない。筒井を犯人に仕立て上げるには、あれしかなかったじゃないか。

「すべては想像だろ？　ポストの中に鍵を隠しておく犯人がいないとなぜ言い切れる？」

「苦しいわね。ポンプのない水槽の中で放っておかれているグッピーみたいよ」

「本当にたとえが下手だな」

「白状しない？」

「するわけがない。俺はやってないんだから」

浦辺の顔を盗み見ると、目が合った瞬間、焦ったようにノートパソコンの画面に顔を移した。京志郎は確信する。こいつらもやはり、あれを見つけていない。そもそも存在にすら気づいていないのではないか。あれが見つからない限り、証拠はないのだ。

「話がそれだけなら、帰るぞ」

京志郎は腰を上げる。その額に、田中が人差し指を突き付けてきた。

「待ちなさい。今のはまだ事件の半分よ、ハメられた容疑者さん」

「なんだと？」

「この事件、そもそも初めの計画者だったのは島原さんだわ。光永さん、あなたはある意味、被害者よ」

その言葉の意味が、なんとなくわかってきて、脂汗が出そうだった。無言のまま、再び腰を下ろす。

「島原さんは何度原稿を応募しても落選し、自分の才能に限界を感じて神経が疲弊していた。部屋には何種類もの睡眠導入剤があった」

最後に見たあいつは、たしかに以前とは似ても似つかないほど痩せこけていた。

「そんな島原さんとは対照的に、あなたは小説家としての地位を向上させていった。島原さんはつらかった。光永京志郎がデビューできたのは自分の考えたトリックがあったからだ。それを自分が黙っているからだ。光永京志郎を生かしてはおけない――屈折しきった島原さんは、自らの命と引き換えに、小説家・光永京志郎を亡き者にしようとした」

「ほう……」

自分の声が乾ききっていることに、京志郎は気づいた。

「彼の計画はこうよ。まず『デビュー作のトリックを作ったのは自分だと公表する』と、あなたに挑発的に迫り、殺意を抱かせる。そして、あなたが自分を殺すところを撮影し、警察に届ける。……浦辺」

「はい」

横から浦辺が一枚の写真を京志郎の前に差し出してきた。龍の置物を上から写した写真だった。

「この龍、長らくここに置かれていたみたいで周りにほこりが溜《た》まっていたわ。見ての通り、動かした跡と裏に何かが置いてあった跡がある。デジタルビデオカメラでしょう」

一息つき、田中は再び、言葉を継ぐ。

「『話をつけよう』と部室に誘ったのは島原さんのほうね。おそらく、筒井さんと喧《けん》嘩《か》をしたのも計画のうち。罪をなすり付ける相手までおぜん立てされていると知ったあなたはわざと部室へ行き、島原さんを殺害した。ところがこと切れる直前、島原さんはあなたにカメラがあることを告げた」

京志郎の脳内に、ある風景がよみがえる。――首から血を流しつつ、右手を棚のほうに上げた島原の顔が。

「島原さんが力尽きた後で、この裏に隠されていたビデオカメラを見つけたあなたは焦ったでしょうね。Wi-Fi 接続されていて、撮った動画がそのまま別の端末に転送される設定になっていた。殺人の様子の一部始終を撮影した映像がすでに外部の誰かの端末に転送されてしまっていて、それが警察の手に渡ったら完全にアウトよ」

田中は嬉々とした表情で話し続ける。

「ところが昨夕、あなたの前に現れたこの美しい刑事は、決定的な証拠であるはずのその映像をつきつけてこなかった。警察の手に映像が渡っていないことから、これは島原さんからの最後の挑戦状だとあなたは悟った。『警察より先にどこかに隠してある端末を手に入れてみろ』というその挑戦を受けて立たざるを得なかったあなたは必死になって探した。Wi-Fiの接続されているキャンパス内を中心にね」

心中で舌打ちをする。島原は死ぬ直前、口から血を吐きながら告げたのだ。

——さがせよ。……ったら、おしまいだぜ。

初めは自宅のPCに転送したのかと思い、島原の部屋に忍び込んでPCを開けた。だが、それらしきデータはなく、あの桜だらけの部屋のどこを探しても、他に端末はなかった。Wi-Fi接続のことに思い至ったのはその直後だ。見つかったら、おしまいだぜ——そんなに長い言葉ではなかったような気もするが、とにかく、現場から近い場所に隠したのだろうと考えた。ノートPCではなくスマホだろう。京志郎に見つからないような、だが、必ず誰かの目にはつくような場所……どこだ。どこだ。警察の姿の見えるキャンパス内で焦りながらこそこそ探している姿を、死んだ島原にあざ笑われているような気がしていた。

「どうかしら？」

余裕の笑みを見せる田中。その顔を見て、はっとする。

なぜだ。デジタルビデオカメラは持ち去ったから、島原の計画にこの女が気づくはずはない。ほこりの跡からすべてを推理したわけでもないだろうに……。まさか、すでに……。

「見つけたのか？」

小さく訊ねると、田中は眉を顰《ひそ》め、小さく首を振った。京志郎は笑う。

「なんだよ、結局憶測かよ」

「でも、島原さんの心境を思えば、見当はつく。カメラのほうはあなたに持ち去られてしまうだろうから、他の方法であなたに見つからずに警察には確実に届くようにしなければならない。しかも、じゅうぶん苦しめてからということを考えれば、あなたが探す期間を設けなければ」

時間差で、確実に警察に動画を届ける方法だと……？

とそのとき、ばたんと勢いよく扉が開いた。飛び込んできたのは、緑のシャツを着た金髪の外国人青年だった。

「ありマシタ、ナデシコさん！」

右手に桜が十輪ほど咲いた枝を持ち、ぶんぶんと振っている。

「おいこらケビン、入るなよ」

ボーダーのポロシャツを着た学生風の男が入ってきて、外国人の襟首をつかんだ。もみ合っている二人をよそに、田中は桜の枝を乱暴に奪い取る。その枝に、若葉色の四角いものが括《くく》りつけられているのが京志郎の目に留まった。あれは……腕時計？

「学生会館の前、幹の曲がった大きな桜。その花の中に、括りつけられてマシタ！」

やけに流暢《りゅうちょう》に報告する外国人。

「あらそう。ありがとう、ありがとう」

「島原さんはすごいデスネ。武士デスネ。どういうことかというと……」

「Get out of here!」

京志郎のほうを向いてぺらぺらしゃべりだす外国人青年ともう一人の男を無理やり追い出し、田中はドアを閉めた。

こほんと咳払《せきばら》いをして、気を取り直すように京志郎のほうを向いた。

「これは造花の桜よ」

「造花？」

そういえば、さっきの外国人があんなに勢いよく振っていたのに、花弁は一枚も落ちなかった。

「そしてここに括りつけられているのは、先月リリースされたばかりの最新型のスマートウォッチ。十二色あるうちの若葉色のモデルよ。知ってるわね？　腕時計型だけどほぼスマホと同じ機能を持つ端末で、当然、動画のデータを受信することもできるわ」

口が勝手に開いていくのを、京志郎は感じていた。

「見なさい。とても精巧にできた造花だわ。本物の桜に紛れていたらわからない。でも、今は満開の桜も、あと何日かで散ってしまう。すべて葉桜になってしまったあと、これだけの桜がまだかたまって咲いていたら、とても目立つわね。誰かが造花であることに気づき、このスマートウォッチも発見される」

スマートウォッチには、細かいペン書きの字でこう書かれていた。

【見つけた人は池袋署へ　島原孝志】

その字を何度も何度も目でなぞった。息を止めていたのに気づくのに、どれだけかかっただろう。どっと疲れが出て、京志郎はパイプ椅子の背もたれに体重を預ける。

そしてようやく、島原が死の直前に何と言っていたのか、わかった。

――散ったら、おしまいだぜ。

十

「田中さん、ケビンの推理をまるまるパクっといて、よくあんなに得意げな顔できますよね」

マジックミラーのこちら側では、ムシオが呆《あき》れていた。

「まあ、いいです。怜美さんの疑いが晴れたわけですから」

「ぱっと咲いて、ぱっと散ル。桜は日本人の美意識に大きく影響を与えてきマシタ」

取調室に闖入《ちんにゅう》して騒ぎを起こしたことになどまったく頓着《とんちゃく》せず、ケビンもまたマジックミラーの向こうの光景を見つめて満足げにしゃべり続ける。秀次はむしろこの留学生のほうに呆れていた。

「武士の死生観もまたしかりデス。潔く散る桜に自分の姿を重ね、あまたの武士が自ら命を絶ちマシタ。武士として死するのはけして恥ではありマセン」

その、どこかの教授のような口調に、秀次の中で呆れが次第に怒りに変わっていく。いや、講義口調だからではない。

「武士は、誇りをもって美しく死を迎えたのデス。散る桜のようニ。桜を愛した島原さんはまさに、武士の……」

「冗談じゃねえぞっ！」

秀次の怒号に、ケビンとムシオがそろってびくりとした。

「島原のやり方が武士らしいとは俺は思わない」

「しかし……」

「そもそも、ぱっと散ることに死の美しさを重ねるなんて、昔はよかったかもしれないけど、今の日本人にとっては美徳じゃない。散る桜が美しいのはな、来年も必ず咲くからなんだ！」

ケビンとムシオはきょとんとしていた。秀次の口は止まらない。

「『今年はこれでサヨナラだが、来年また会おうぜ』。桜はそう言いながら散っていくんだ。俺たちは見送りながら、『おう、今度会うときには、一年分成長してるからな』って約束するんだ。そうやって日本人は、毎年毎年自分を磨いていくんだ。桜の散り際が美しいのはな、終わりだからじゃない。新しい始まりだからなんだよ！」

「でも」ムシオがおずおずと口をはさむ。「前回の桜が散ってから、ヒデさん、何単位取りました？」

「うるせえ！」

ヒデはムシオの頭をはたく。「いたい」と目に涙をにじませるムシオの横で、

「わぁぁ……」

ケビンが泣き出した。

「なんだケビン、どうした？」

「ヒデさん。感動しマシタ。ぼく、何もわかってなかったデス。そう、ヒデさんの言うとおりに考えたほうが、桜は美しいデス」

シャツの袖で目を拭う。まったく、忙しいやつだ。

「ぼく、次の桜が咲くまで、もっともっと勉強して、もっともっと日本を好きになりマス。ヒデさん。いっぱい教えてクダサイ」

「早まるんじゃねえ。まだ、今年の桜は散ってないんだ」

「Oh、そうデシタ」

「わかったら、酒を買って帰るぞ」

「また飲むんですか？」

ムシオが呆れた。

「当たり前だろっ」

その襟首を押さえて、秀次は警察署の息詰まる廊下を歩き出す。新たな仲間、ケビンがくっついてくる。

外の春の陽光が、待ち遠しかった。

第 2 話

F
U
J
I
S
A
N

[...] accidentally looking heavenwards instead of earthwards, I saw far above any possibility of height, as one would have thought, a huge, truncated cone of pure snow, 13,080 feet above the sea, from which it sweeps upwards in a glorious curve, very wan, against a very pale blue sky, with its base and the intervening country veiled in a pale gray mist. It was a wonderful vision, and shortly, as a vision, vanished.

地上ではなく、ふと天上を見上げると、思いもかけぬ遠くの空高く、巨大な円錐《えんすい》形の山を見た。海抜一三、〇八〇フィート、白雪をいただき、すばらしい曲線を描いて聳《そび》えていた。その青白い姿は、うっすらと青い空の中に浮かび、その麓や周囲の丘は、薄ねずみ色の霞《かすみ》につつまれていた。それはすばらしい眺めであったが、まもなく幻のように消えた。

〈イザベラ・バード『日本奥地紀行』より〉

一

四月六日。

桜の見頃をすぎ、また気温が下がってきた。空は青く気持ちいいが、半袖ではまだ肌寒い。長瀬秀次は鼠色《ねずみいろ》のパーカーを着て、精南大学キャンパス内のベンチに座り、ぼんやりと学生たちを眺めていた。膝の上には書類をはさんだクリアファイルが置いてある。

今日はもう予定もないし、本当なら公園でビールでも飲みたいけど、この気温じゃなあ……と空を見上げる。寮に帰って誰かを誘って飲みに行くか。いや、今は新入生歓迎期で池袋周辺の居酒屋はどこも混んでいる。大塚・巣鴨《すがも》も似たようなもので、高田馬場なんて大学生たちで車も通れないほどごった返すだろう。

居酒屋はあきらめ、今日も寮で飲むか。実家から送ってきた日本酒まだまだありますよ、と大吾も言っていたし、地方の実家から戻ってきた寮の仲間どもとまだ大々的に宴会を開いていてない。

「酒は騒いで飲むべかりけり……だな」

「しづかに、よ！」

背後から急に声がして、「わっ」と振り返った。

「『白玉の歯にしみとほる秋の夜の酒はしづかに飲むべかりけり』。若山牧水《わかやまぼくすい》でしょ。季節も真逆だし」

川奈理沙だった。ベンチの背後に立って、秀次のことを見下ろしている。

幼馴染で、小学校・中学・高校・大学と同じの腐れ縁だ（もっとも、学部の偏差値は理沙のほうが上だが）。黒目がちで鼻筋が通っていて、高校の頃の秀次の友人の何人かからは見た目も性格も好評だったが、秀次にはいつもこうしてきつい。酒のことを考えているときには、最も会いたくない相手だ。

「なんだよ、気分悪いな」

「教えてあげたのに失礼ね。そんなことよりヒデ、科目登録終わったの？」

「お前に関係ないだろ」

「ほら、あるじゃん時間割。見せなさいよ」

理沙はさっと、秀次の膝の上からクリアファイルを取った。

「ふんふん。毎日四コマか五コマあるのね。これまでの必修授業の単位を落としまくってるから」

「うるせえな、あー、どうでもいい」

両手を天に挙げて伸びをした。その右手の手首を、理沙はつかんできた。

「さあ、今から一緒に来なさい」

「どこにだよ?」

「生協の本屋よ。教科書を買いに行くの」

「なんでお前と買いに行かなきゃいけないんだよ」

「ヒデのお母さんから教科書代、預かったの」

「はあっ?」

秀次は思わず立ち上がった。道行く学生が何事かと振り返る。

「去年、教科書代だって言って実家に請求したお金、全部お酒に使ったでしょ?」

「む……」身に覚えはあった。いや、正確には……

「酒じゃない。鰻《うなぎ》を食いにいったんだ」

「あんたねえ」

「またとない臨時収入なんだよ。教科書代は」

「教科書代は教科書に使いなさいよ。今年はそんなことがないように代わりに買ってあげてねって頼まれたの。この時間割も預かるから、はい、行くよ」

手を引っ張って生協へと向かう理沙。秀次はあわてて、ベンチの上に置きっぱなしのリュックを左手で取った。

生協の書店は、教科書を買う学生たちでごった返している。四つあるレジにはすべて行列ができていた。

「おい、混んでるじゃねえか。やっぱり今度買うから今日のところは」

「だめ」

理沙に無理やり引っ張られていく。社会学部教科書と書かれたパネルの下には、ご丁寧にも「××先生　社会学基礎」「▲▲先生　ジェンダー論」など、担当教授と授業名の書かれた厚紙がPOPのように添えられていた。

「えーっと、これとこれと、これね……」

秀次の時間割を見ながら次々と教科書をピックアップしていく理沙。こんなことなら俺、来なくてよかったじゃねえか。秀次は心の中で愚痴りつつ、人でごった返すその棚を離れる。

この書店は何も教科書専門ではない。普通に文芸の単行本や写真集、雑誌も売っている。店の奥のほうへ行くと、芸術の棚の前で見知った顔が立ち読みしていた。

「ケビン」

声をかける。彼は本から顔を上げ、秀次のほうを見た。金髪と碧《あお》い目。百八十センチメートルはありそうな長身。ケビン・マクリーガル。精南大学男子寮《獅子辰寮》においても、目下のところ秀次のルームメイトである、アメリカ人留学生だ。

「ヒデさん」

「何やってんだよ」

「やっぱり、すばらしいデスネ。富士山は」

手に持っている本を覗き込むと、葛飾北斎《かつしかほくさい》の有名な『赤富士』の絵があった。『冨《ふ》嶽《がく》三十六景』の一枚一枚の絵に解説をつけた画集で、ご丁寧にそれぞれの解説に英訳まで載っている。

「『富士山は神聖な山であり、日本人にとっては実になつかしいものであるから、日本の芸術はそれを描いて飽くことがない』――バードの言ったとおりデス」

「なんで鳥がそんなことを言うんだよ」

「鳥じゃなくてバード。イザベラ・バードのことデス」

明治初期に日本を訪れたイギリス人女性デス、とケビンは説明した。関東から北海道までを旅行したその紀行文は英語圏・日本語圏で共に有名で（秀次は全然知らなかったが）、その冒頭で横浜港に着くときに海から見た富士山を幻想的に描写しているのだそうだ。

「見てくだサイ。『凱風《がいふう》快晴』。ぼくはLos Angelesにいる頃から、この絵が大好きデス。母の知り合いのPainterニ、ガレージにこの絵を描いてもらったケレド、アメリカのペンキじゃこの赤は出ませんデシタ」

ケビンは旅行会社に勤めている父親の影響で子どもの頃から日本に憧れ、日本語はペラペラだ。そればかりか、秀次の知らない日本文化の知識をたくさん持っていて、出会ってまだ二週間ほどだが、とうてい答えられるはずもない日本文化の質問をぶつけてきて秀次を閉口させることなど、日に二、三回ある。

「ヒデさんも、富士山好きデスネ？」

「当たり前だ。俺は静岡出身だぞ」

「Ｏｈ、そうデシタ！　登ったことありマス？」

「登ったことは……ない」

中学生の頃、友人の父親が行くというので連れていってもらうことになったが、前日になって風邪をひいてしまい、秀次だけ参加できなかった。それ以来、変に意地になって富士登山を避けてきてしまっている。

「富士山は見る山だぜ」

「ぼくは登りたいデス。今カラ一緒に行きマショウ。ヒデさんの家、近いデショ」

「何言ってんだよ、今から行けるわけないだろ」

「あー、こんなとこにいた！」

棚の向こうから理沙が顔を出した。両腕にはすでに十冊ばかりの本を抱えている。

「自分の授業の教科書なんだからね。自分で持ってよ」

「うるせえな」

「ヒデさん、どなたデスカ？」

ケビンが不思議そうな顔をした。理沙が「あっ」と目を見張る。

「ひょっとして、秀次と同じ部屋になったっていう留学生の？」

「ケビン・マクリーガルデス。おしみりおき、お願いシマス」

ぺこりと頭を下げるケビン。

「お見知りおきだろ」

日本語をほぼ完璧に使いこなすケビンだが、ややこしい言葉はたまに間違えることもある。

「私は文学部の川奈理沙です。秀次の幼馴染。よろしくお願いします」

「おさななじ……あー、childhood friend. 理沙さんも富士山、好きデス？」

「富士山？　もちろん」

「じゃあ一緒に登りに行きマショウ、富士山」

「だから」となだめようとする秀次を理沙は横へ押しのける。

「今は登れないよ」

「Why?」

「山開きされていないから。いつから登れるかっていうのは六月に発表されるんだけど、まあだいたい、七月の初めからかな。この時期はまだ雪が残ってて危ないしね」

そういえばそうだ。富士山に関する基本的なことだった。ケビンはがっかりした様子だった。そんなケビンに向かい、理沙は「大丈夫」と笑顔になる。

「富士山なら、都内にもあるから」

二

一度寮に戻り、秀次は教科書を、ケビンは葛飾北斎の画集を、部屋に置いてきた。

理沙について池袋駅へ。東京メトロ副都心線に乗り、やってきたのは北参道《きたさんどう》駅だった。

少し歩けば原宿だというが、竹下通りの乱雑さとはかけ離れた、閑静で落ち着いた街並みだ。一階部分が喫茶店や雑貨店などの店舗で、二階より上が住宅になっているビルが多い。

理沙は勝手知ったるように住宅街をずんずん進んでいく。やがて目の前にこんもりと青葉の生い茂る場所が見えてきた。

「神社？」

鳥居の横の石柱には「鳩森八幡宮《はとのもりはちまん》」と書かれていた。まずはお参りと理沙に急かさ《せ》れ、手水舎《ちょうずや》で手を洗い、本殿前で賽銭《さいせん》箱に小銭を投げ入れ、お参りをした。二拝二拍手一礼の作法は、秀次よりケビンのほうが慣れたものだった。

「あれを見て」

理沙は、本殿の右手を指さす。境内なのにもう一つ小さめの鳥居があり、その向こうにやけにゴツゴツした築山があった。近づいていくと「富士塚」の文字がある。

「なんデスカ？」

ケビンが腰を曲げて看板を眺めている。

「富士塚《ふじづか》。江戸時代には庶民も旅行をすることが許されていて、富士山に行きたいって人もたくさんいたの。でも、電車もバスもない時代だし、今みたいにしっかりした装備も携帯食料もなくて危険だからなかなか行くのは難しいでしょ。それでもせめて本家のご利益にあずかりたいって、こうやって神社の境内とかにミニ富士山を作ったんだよ」

「なんだよ、ミニ富士山って」

秀次は笑うが、理沙は馬鹿にできないよと首を振った。

「本当の富士山みたいに熊笹《くまざさ》も植えてあるし、七合目には身禄像《みろくぞう》の安置された洞窟もある。頂上には本物の富士山から持ってきた溶岩もあるんだから」

やけに詳しいなこいつ、と訝《いぶか》しんでいると、

「Oh、ミニ富士山！　登りマショウ！」

ケビンは喜んで、富士塚を登りはじめた。ぐるぐると回り道をさせられたが、標高

わずか六メートルなので、頂上にはすぐ着いてしまった。せいぜい、神社の本殿の屋根を見下ろすことができるくらいで、周囲はもっと高い建物で囲まれている。

「登りマシタ！」ケビンは両手を上げてはしゃいでいる。こうして無邪気にはしゃぐケビンを見ていると、秀次は呆れる反面、ちょっと愉快になるのだった。

「ぼくはいつかは本当の富士山に登りたいデス。でも今日は満足デス。江戸の日本人の富士山への思い、知ることができマシタ。江戸の人たちもここに立って富士山のことを考えていたと思うと、感動シマス」

心底日本のことが好きなやつだ。秀次は理沙のほうを向く。

「おい理沙。江戸の庶民だってケビンと同じく、いつか本当に富士山に登りたいと思ってたんだろ？」

「そりゃそうよ。山岳信仰が篤《あつ》かったから。みんなで富士講っていうグループを作ってお金を積み立ててたみたい」

「町内会の旅行積立みたいなものか？」

「積み立てても全員行けるわけじゃないよ。今と比べて旅費はすごく高いから、若くて丈夫な人が代表で行くの。みんなその人に、自分の名前を書いたお札とか、たすきとか、そういうのを託したんだって」

「へぇー。みんな行けるわけじゃなかったのか」

「大変だったんデスネ」

ケビンもしみじみ言ったそのとき、秀次の胃がぐぅぅと音を立てた。

「どうでもいいけどさ、飯、食わねえか？」

時刻はちょうど正午になろうとしていた。

「近所に、いいパスタ屋さんがあるんだけど」

理沙が提案した。

「パスタか。俺はいいけど」

ケビンを振り返る。この日本好きのアメリカ人は、外食ならできるだけ和食を好むのではないだろうか。

「和風パスタのメニューも充実してるんだよ。日本料理とは言えないかもしれないけど」

「日本以外じゃ食べられないだろうから、日本料理って言ってもいいんじゃないのか」

「そうそう。たまにはいいこと言うじゃん、ヒデも」

「うるせえ」

二人のやりとりを前に、ケビンはにっこり笑った。

「理沙さんがおすすめナラ、ぼくは食べてみたいデス」

「よかった。実を言うとね、二年生の終わりまで、私がアルバイトをしていたお店なんだ」

そういえばバイト先でスパゲッティをゆでているという話を以前聞いたような気がする。バイト先の近所だから、ここに富士塚なるものがあることも知っていたのかと、妙に秀次は納得した。

五分ほど歩いて、「千駄ヶ谷一丁目交番」という交番の角を曲がると、千駄ヶ谷ファンザービルという雑居ビルの一階に、その店はあった。《ボンジョルノ》という店名だ。

「こんにちはー」

理沙がドアを開けて店内に入っていき、秀次も続く。

誰もいなかった。カウンター席が五つ、四人掛けテーブル席が二つの、けして広くない店だ。

「やってないんじゃないのか？」

秀次は言うが、

「『open』になってマス」

一人だけまだ店外にいるケビンが、出入り口にかけられている札を指さす。店内の照明はついているし、食べ物の匂いもしている。カウンターの向こうに暖簾《のれん》があり、その奥が厨房《ちゆうぼう》のようだ。

「タバコかな。ちょっと待っててね」

てんちょー、となれなれしい感じで言いながら、理沙はカウンターの内側へ入り、そのまま暖簾の奥へと消えていった。

ケビンも店内に入ってくる。二人で何をするでもなくぼーっと立っている。まあ、人がいないなら別の店でもいいんだけどなと、何となく店内を見回していると、

「いやあああぁっ！」

暖簾の奥から理沙の悲鳴が轟《とどろ》いた。秀次はケビンと顔を見合わせ、すぐにカウンターの内側へと飛んでいく。

調理場だった。業務用とおぼしき大量のスパゲッティや段ボールが積まれている。さらに奥に金属のドアがあり、理沙はその前で尻もちをついてぶるぶる震えていた。

「どうしたんだ、理沙？」

「ああ、あああ」

理沙は震えながらドアを指さした。外に何かがあるらしい。秀次はドアに飛びつき、ノブを握って押し開けた。

雑居ビルの共同廊下。掃除したてなのか、床がピカピカに磨かれている。すぐ右手に階段があるが、理沙が腰を抜かした対象はその階段の下に横たわっていた。

髪の乱れた若い女。かっと目を見開き、首には青い痣《あざ》がある。

「亡くなってマス？」

「そうみたいだな」

恐らく他殺だ。

秀次の体の中を恐怖が駆けあがっていく。だがこういうときに、脳というものは却《かえ》って冷静になりたがるのだろうか。遺体のすぐ脇に、丸まった白い紙テープのようなものが落ちているのが妙に気になった。

三

「遺体の身元について心当たりはある？」

カウンター席に腰掛けたその女刑事は、きりっとした顔立ちの茶髪の女性で、頭に大きなレンズのサングラスをカチューシャのように載せている。どこで買ってきたのか、緑色のスムージーの入ったプラスチックのコップを置いて、右ひじをつき、足を組んで、カウンター内にいる店主、吉川《よしかわ》に聞き込みをしているのだった。

「ありません。でも、どことなく水商売っぽい感じでしたよね？」

かつての理沙の雇い主である吉川は答えた。熊を思わせるような大きな体の四十代後半くらいの男で、口元はひげもじゃだ。以前は理沙ともう一人アルバイトを雇っていたが、客足があまり伸びなくなったのをきっかけに一人でやるようになったとのことだ。

「ひょっとしたら上のスナックで働いている女性かもしれません。三か月ほど前に、新しい子が入ったってママが言っていました。営業時間帯が違うんで、後ろ姿くらいしか見たことがないんですが、あんな感じだったかと」

「そう。あなたが、出勤してきたのはいつ？」

「午前八時ごろです。いつもそれくらいです」

「入ってきたのは、店の出入り口からね？」

「そうです。鍵を開けて入りました」

「そのあとの行動は？」

「空き瓶の回収業者が今日来るんで、それを外に出しておかなきゃと思って、厨房の扉を開けて裏口から外へ。そのとき、掃除のおばちゃんと挨拶をかわしました。おばちゃんは毎週月水金に来るんです」

今日は水曜日だ。

「そのとき、何か変わったことはなかった？」

「別に。死体もありませんでした」

「そりゃそうよ。死後硬直は全然ないし、死亡推定時刻は遺体発見の少し前、早くとも午前十一時以降だもの」

生協で俺たちが教科書を買っているときには、まだあの女、生きていたのか……四人掛けテーブル席に頰杖《ほおづえ》をつき、秀次はそんなことを考えた。隣に座っている理沙はだいぶ落ち着いてきたようだが、まだ口数が少なく、店主が気を利かせて出してくれたオレンジジュースをじっと見つめたままだ。

そして、正面に座っているケビンはといえば……

「スミマセン！」

聞き込みを遮るように勢いよく手を挙げた。女刑事がぎろりと睨みつける。

「マスター、ぼくたちが来たとき、何してマシタ？」

「トイレ掃除さ。いや、もちろん店を開けてからすることじゃないんだが、今日は新しいレシピのアイディアが浮かんだもんで、さっそく試作したくなって、午前中は仕込みをしながら没頭してしまって。それで、トイレ掃除を忘れていたんだ。いや、面目な……」

どん、とカウンターが勢いよく叩かれ、スムージーのコップが揺れる。

「今、時間を追って聴取をしてるでしょ。勝手にしゃべらないでくれる？」

「Oh、弁解の言葉もないデス」

謝り方が大げさだ。

「だいたい、なんでまたあんたががたが事件に関わってくるのよ？」

「しょうがないだろ。こっちだって好きで関わってるんじゃねえ」

秀次は言い返した。

このきつい感じの女刑事は田中撫子という。こう見えてロサンゼルス市警に派遣されていたこともあるエリートで、英語もお手の物、アメリカ仕込みの気の強さと、気の利いた（と本人は思っているらしい）ジョークっぽい言い回しが特徴だ。

来日前にロサンゼルスに住んでいたケビンは、リトル・トーキョーで事件に巻き込まれたとき、彼女と顔を合わせている。のみならず、彼女が疑いをかけた犯人の無実を証明し、真犯人まで明らかにしたというのだ。

日本人より日本文化に詳しいうえに、そんな小説の中の名探偵みたいなことをしてのけるなんて本当かよ……と、秀次は疑っていたのだが、先日キャンパス内で起きた殺人事件をケビンが見事に解決に導いたのを秀次も目の当たりにした。もっとも、最終的にケビンの推理をまるまる横盗りして取調室で犯人を落としたのは田中撫子刑事だった。図々《ずうずう》しさもまたアメリカ仕込みか？　という皮肉を、秀次は胸の裡《うち》にしまっている。

「話を戻すわ」スムージーを一口飲んで、田中刑事は言った。「吉川さん、空き瓶を外に出して戻ったあとは、午前中はずっと厨房を出ていないのね」

「はい」

「あなたが店内にいるあいだ、犯人は裏から入って、彼女を殺害して逃げた。そう考えられるわ。その間の行動を詳しく話して」

「はい。仕込みと新メニューの試作をしていたら、いつのまにか開店時間の午前十一時三十分になっていましたので、入り口にかかっている札を『open』にして、中に戻りました。開店後、三十分しても誰も来なかったんでぼんやりしていたんですが、トイレを掃除していないことを思い出し、掃除を始めたんです」

トイレはホールの奥にあった。洋式便器ひとつしかないが、スペースは広い。

「ドアが分厚いものだから、閉め切ってしまうと店の中の音は聞こえないんです。だから川奈さんたちが入ってきたのに気づかなかったんでしょう」

「なるほどね」田中刑事はスムージーを一口飲んだ。「オーケー。ひとまず吉川さんはいいわ」

くるりと秀次たちのほうに体を向ける。右手にはスムージーのコップを持ったままだ。

「お待たせ。第一発見者、ならびに第一容疑者のみなさん」

「容疑者?」理沙が青リンゴのような顔色で田中刑事を見た。

「そうよ。第一発見者を疑えというのは捜査の鉄則」

「ナデシコさん、いじわるはいけマセン」

　ケビンの目が吊《つ》り上がった。

「リトル・トーキョーでの事件のトキ、ミスター・ダグラスの……」

「わあ！　やめなさい、その話は！」

　ケビンと初めて会ったリトル・トーキョーの事件において、この女刑事はどうやらとても恥ずかしいことをしたらしい。その話になるとこうやって騒ぐのでどんなことをしたのか秀次は聞けていないが、とにかく、ケビンがこの高慢なアメリカ帰りの刑事の弱みを握っているというのは、頼もしいことだ。

「わかった。ちゃんと疑わずに聞くから。まず、どうして精南大学の学生のあんたたちが千駄ヶ谷にいるのかから説明しなさい」

　ケビンが富士山に登りたいというので代わりに鳩森八幡神社の富士塚に来た。腹が減ったので理沙のかつてのバイト先であるこの店に来た。すっかり怯《おび》えている理沙の代わりに、ここまでは秀次が話したが、死体を発見したときのいきさつは理沙本人が証言した。

「ふーん。死体の女性に見覚えは？」

　三人そろって首を振ったそのとき、

「田中さん」と、暖簾をかき分けて、ストライプのスーツに身を包んだ小柄な男性が顔を出した。田中刑事の部下の、浦辺だ。

「たった今、上のスナック《れこんきすた》のオーナーの佐々木《ささき》さんにご足労いただきました。被害者の身元は、従業員の永山蘭《ながやまらん》さんに間違いないということです」

勤めはじめて半年で、男性客に人気はあるが金遣いが荒かったらしいと、浦辺は早口で言った。

「店の合鍵を持たされていましたが、それを使って営業時間外に男性を連れ込んでいたこともあったそうで。彼女目当ての客も多いので、佐々木さんも大目に見ていたそうですが」

「とんでもないわね。了解。引き続きよろしく」

浦辺は敬礼すると、すぐに暖簾の向こうに消えていく。田中刑事は秀次たちのほうに顔を戻した。

「一応、あんたがたの住所と連絡先を教えなさい」

「こないだの事件のときに教えただろ」

秀次が文句を言ったそのとき、今度は店の出入り口が開いた。入ってきたのは制服警官だった。

「あの、千駄ヶ谷三丁目交番勤務の者ですが、殺人事件が起きたビルというのはこちらでよかったですか？」

　五十歳くらいだろうか。なんともとぼけた感じだ。

「そうだけど、何？　応援？」

「いいえ。あの、先ほど、出頭してきましたんですが」

「はっ？」サングラスが、田中刑事の頭から鼻の頭にすとんと落ちる。それを左手で外し、彼女は制服警官に訊き返した。

「誰が？」

「ですから、このビルで起こった事件の犯人です」

「はい？」

「四十代前半でしょうか、ずいぶんと痩せていて、顔色が悪く、汗びっしょりで……」

「ちょ、ちょ、ちょっとまって。そいつの名前は？」

「わかりません。というのも、ふらふらと交番に入ってきて、苦しそうに『千駄ヶ谷ファンザービルで女を殺しました』という言葉だけをやっと吐いたと思うと、ばたりと倒れてしまったんです。息はあるんですが頰を叩いても何しても目をつむったまま返事をしません」

　救急車を呼び、彼が確認のためにこの現場に駆け付けたというのだ。

「なんで倒れちゃったのよ」

「外傷は見当たりません。おそらく病気でしょう……実は私、五年前に、親父《おやじ》を癌《がん》で亡くしているんですが、死ぬ半年くらい前はあんな感じの顔色でした」

制服警官は、悲しそうに首を振った。

四

花壇には、チューリップが揺れている。黄色に黒い斑点《はんてん》のあるものや、赤に白の筋が入ったもの、今年はどれも、うまく咲いた。

中込佐世子《なかごめさよこ》はホースのノズルを弱めのシャワーにし、水をかけていく。昨日と同じくすっきりとした青空だから、虹ができるかもしれないと思ったが、そう上手《うま》くはいかなかった。

水を止め、腰を伸ばしながら南の空を仰いだ。

雪を頂いた、堂々たる富士山。冬空に凜《りん》とする富士山がいちばん綺麗だと思う佐世子だが、こういう春の富士山こそ、いちばん日本的だと思う。

富士山の見える温泉地といえば、多くの人が箱根を思い浮かべるだろうが、ここ石和《いさわ》も負けてはいない。一年中富士山が見えるロケーションで旅館を経営できるというのは幸せなことだ。

達也《たつや》もここから見る富士山が好きだったっけ――。

目頭が熱くなり、いけない、いけないと思いなおす。

昨日の夜のニュースを見たときのなんともいえない感情が胸に押し寄せてきた。東京都渋谷区千駄ヶ谷で起こったスナック従業員殺害事件。出頭して逮捕されたのは大《おお》峰俊輔《みねしゅんすけ》、四十二歳。なお大峰は末期の癌にかかっている様子。警察では動機を調べている――。

ついにやったのだ。

佐世子の心の中でやるせなさや怒りや悲しみが渦のようにぐるぐると回りはじめた。そんな変化に隣で雑誌を読んでいた夫が気づかなかったのが幸いだった。もとより天気予報以外のニュースにはあまり興味のない夫だし、俊輔の名を教えたことはない。それ以上テレビを直視できずに、片づけをする振りをして厨房へ逃げた。

俊輔の計画を無駄にすることは許されない。

ただ平常心で、いつもどおりに旅館の業務をしていればいい。美しいチューリップを眺めていると、無心になれる。

エンジン音がして、砂利《じゃり》を撥《は》ねながら原付が駐車場に上がってきた。郵便配達員だった。

「おはようございます、郵便です」

いつもの笑顔で、郵便物を渡してくる。七通くらいある中に、ひときわ目立つ白いA4サイズの封筒があった。宛名の《清流荘　中込佐世子様》という文字を見た瞬間、誰からのものかわかった。ふくらみから、書類以外の何かが入っているのは明らかだ。

「ごくろうさまです」

「はーい」

郵便配達員はすぐに去っていった。

とにかくすぐに部屋に持っていこうと、ホースを地面に置いた。

また、エンジン音がした。今度は原付ではない。ずいぶんうるさい……と思っていたら、茂みのあいだから、真っ赤な外車が登場した。

「えっ？」

きゅるきゅると土ぼこりをあげて停車し、運転席からベージュのスーツを着たスタイルのいい女性が降りてきた。大仰なサングラスをかけ、てかてかと光るハイヒールを履いていて、石和温泉の旅館にはまるで似つかわしくない。アメリカの西海岸にでもいそうな雰囲気だ。

と、助手席から若い男性が降りてくる。ストライプのスーツを着て、気の弱そうな顔立ちだった。

「こんにちは、中込佐世子さん？」

女性はサングラスを頭上に移して、訊ねてきた。

「そうですが」

「警視庁捜査一課の田中撫子よ」

「警察――？」

俊輔の件に決まっていた。だがなぜうちに――という表情に見えてはいけないのだ。

「昨日、東京都渋谷区の雑居ビルで、女性が殺害されたわ。事件発生からまもなく、交番に出頭してきたのが大峰俊輔さん」

「ああ……」

一瞬戸惑ったのち、田中の鋭い目にどう対応すべきか判断した。

「昨晩、ニュースで見ました」

「ニュースで見て、どう思った？」

年下だろうにずいぶんと横柄な態度をとる女だ。気後れしてはいけない。佐世子は手に持っていた郵便物を、花壇の脇の古びたベンチの上に置いた。白い封筒を他の郵便物で隠すようにしたことに、二人の刑事は気づいていない。

「驚きました」

夫に話していないのが不自然ではないだろうか。どうするべきか考える暇を、田中は与えてくれない。

「被害者は永山蘭、二十七歳、スナック勤務。この女性に心当たりは？」

これは、事前に口裏を合わせた通りに答えればいい。

「知りません。いったい、俊輔とどういう関係の人なんですか」

すると田中は面倒くさそうに首をぐるりと回し、背後に控えていた若い男性のほうを見た。待ってましたとばかりに彼は出てきた。歩幅の狭い歩き方が小型犬を思わせる。彼は手にメモ帳を開いていた。

「同じく捜査一課の浦辺といいます。時枝《ときえだ》達也さんをご存じですね。芳陣《ほうじん》福祉大学のハイキングサークル《ナミウラ会》のメンバーです。同期の九人で作ったサークルということで、大峰さんと、そして中込さんもその仲間だった」

「はい」

「時枝さんは一昨年、酒場で知り合った山田恵子《やまだけいこ》という女性と交際し、結婚の約束をしたところで、病気の父がいると告白された」

手術の費用が必要だと山田恵子に泣きつかれた達也は貯金から下ろした三百万円を山田恵子に渡した。次の日から山田恵子は連絡がつかなくなった——典型的な結婚詐欺だった。

「絶望した時枝さんは自宅マンションで首を吊って自殺しました」

「ええ」悲しみと怒りを抑えながら、佐世子は答えた。

「山田恵子の正体が永山蘭なんです」

「どういうことですか……あっ」

今わかった、というように装う。

「俊輔はその女を突き止めて、達也の恨みを晴らすために殺害した。そういうことですか」

「本人はそう言っています」

浦辺は事務的にそう言った。

「どうかしらねぇー」

富士山を眺め、腰に手を当てたまま田中が首をひねる。まるで女優のようなポージングだ。

「大峰俊輔は事件を起こした直後、近くの交番に自首してるのよ。ところが、事件現場を告げてその場で意識を失ってしまった。警察官が呼んだ救急車で病院に運ばれて意識を取り戻したけれど、そこに駆け付けてびっくりよ。彼、癌を宣告されて余命半年だっていうじゃない」

「えっ？」

これも、知らなかったことになっている。

「自分の命はもうあと少しだから、せめて生きているあいだに時枝さんの恨みを晴らしたいと、貯金をはたいて興信所に依頼し、山田恵子の正体をつきとめた。そして昨日、彼女の勤めるスナックのある雑居ビルに呼び出し首を絞めて殺害したっていうのよ。どうかしらねぇー」

「そんな……」複雑だった。俊輔の描いた殺人計画は完璧に遂行されたらしい。でもこの女刑事は疑っているようだ。なぜだ。何か不審な点があるというのだろうか。

「どうかしら、というのは？」

結局訊いてしまった。

「友人を死に追いやった相手を殺したいという動機は認めるとして、絞殺を選ぶかしら。大峰は自宅と病院を往復して治療をしていて、闘病生活で腕はすっかり痩せ細っているわ。相手が女性とはいえ、ちゃんと絞め殺せたかしら」

「俊輔は、力が強いのが自慢でしたから」

田中は疑わしげな目をしながらも追及せず、「変なことその二」と言葉を継《つ》いだ。

「大峰は殺人を犯した後、三十分くらいしてから自首しているの。ところが、現場のすぐ近くに交番があるのに、わざわざ二百メートルくらい離れた別の交番に行ってるのよね。この行動の意味は何かしら？」

「さあ。近くのほうの交番が、死角でわからなかったとか」

「たしかに犯人が出入りしたらしい裏口からは交番が見えないんだけど、出頭するつもりだったなら、はじめから調べておかない？　……こういう説はどうかしら？　大峰は実行犯ではなく、罪を被《かぶ》る係だった。実行犯が永山を殺した後、連絡を受けた大峰が代わりに出頭する。三十分のタイムラグは実行犯が逃げるための時間よ。実行犯は当然、大峰に自首する交番の名前を教えただろうけれど、ここで連絡ミスが生じた。現場に一番近いのは『千駄ヶ谷一丁目交番』。大峰が出頭したのは『千駄ヶ谷三丁目交番』。名前が似ているのよ」

よく考えるものだ。

「さて、気になるのはその実行犯が誰かってことよね？」

田中は人差し指を立てて得意げに続ける。

「時枝には親兄弟はいないし、就職して以来親しい友人もいなかったみたい。動機があるとしたらやっぱり《ナミウラ会》のメンバーよ。というわけで私たちは、時枝と大峰以外の七人のアリバイを聞いて回ってるの。他の六人は昨日、それぞれいろんなところに出かけていて、アリバイがばっちりだった。最後に残ったのが」

立てた人さし指を、佐世子のほうへ向けてくる。まるで外国人のように芝居がかっている。

「はぁ、それでわざわざこちらへ」

「中込さん。昨日の午前十時から十二時のあいだ、どちらに?」

「ここで仕事をしていました。旅館ですので、そうそう休めません。一緒に働いている従業員に確認してもらえればわかります」

「そう」

田中は当てが外れたように肩をすくめ、浦辺のほうを見た。そして、背後を振り返り、

「それにしても、富士山がよく見えるわね」

「はい、景色だけはいいんです」

「景色〝だけは〟なんて。学生時代、みんなで登ったんですってね」

「ええ。途中で泊まって、頂上で朝日を見たんです」

あのときの高揚感、結束感は一生忘れない。佐世子の、達也の、俊輔の、《ナミウラ会》のみんなの宝物だ。

「へぇー、いいわね。卒業してもかけがえのない仲間。……動機はあると思ったんだけどな」

田中という女刑事は平気で、佐世子の気持ちを踏みにじる。そうかと思うと、突然訊いた。

「この宿、温泉もあるんでしょ?」

「……ええ。石和温泉ですから」

「ここまで車で来て、ちょっと疲れちゃった。アリバイの確認ついでに入らせてもらっても？」

どこがついでなのか。ひょっとして何か意味があるのかもしれない。断って気を悪くされても面倒だ。

「田中さん、またそんなわがままを」

「どうぞ」

たしなめる浦辺を遮り、佐世子は玄関のほうを手で示した。

「もう少しで掃除に入ってしまうところでした」

「そうなの。ラッキーだわ」

玄関に向かう二人の目を盗み、ベンチにおいた郵便物の束を取り上げた。

五

秀次に理沙から電話がかかってきたのは、四月八日の昼、十二時半のことだった。学食でケビンとともに食券販売機の列に並んでいるところだった。

〈もしもし、ヒデ？〉

「なんだよ？」

〈今、キャンパスの入り口で田中刑事に呼び止められて。一昨日《おととい》の事件のことで訊きたいことがあるって。ヒデも来てくれない？〉

「なんで俺が」

〈よくわかんないけど、私、疑われてるみたい〉

キャンパスから歩いて一分もかからないカラオケボックスに連れてこられたという。

なんでカラオケ……と思ったが、秀次は通話を切り、ケビンを振り返る。

「おいケビン、理沙が緊急事態だ」

「なんデス？」

「とにかく行くぞ」

手首を握り、列から離れる。

キャンパスを出て、言われたカラオケボックスへ行くと、部屋の中は薄暗くミラーボールが回っていた。しょんぼりしたような理沙の正面に、田中・浦辺の二人の刑事が座って、睨みつけているようだった。

「理沙、お前――」

大丈夫かと訊ねようとしたそのとき、横で「Ｗｏｗ！」とケビンが興奮する。

「これが本場日本のKARAOKEの部屋デスカ。コンパクト、簡素、まさに茶室の精神デス」

「そんなわけねえだろ」

「つくばいで手を清めたホウガ……」

「いいから座れ」

理沙の隣に座らせると、ケビンはようやく思い出したように「大丈夫デスカ」と理沙を気遣いはじめた。

「おい田中さん、なんでまた現れた？　俺たちは一昨日の事件に関係ないってことになったろ。理沙を疑うなんて」

「疑う？」田中刑事はすらりとした足を組み替えながら、プラスチックのコップに入ったピンク色のジュースをすすった。

「何か勘違いしているようね。事実確認をしているところよ。容疑者がまた、ゼロになってしまったから」

「交番に自首してきたおっさんがいるんだろうがよ」

「大峰俊輔は明らかにおかしいわ。まず、凶器について。永山蘭は明らかに紐《ひも》状のもので絞殺されていて、大峰も『紐で殺した』と証言している。だけどその紐は見つかっていない」

大峰は現場から交番に自首するまでのあいだに捨てたが、それがどこかは意識がもうろうとしていて覚えていないと証言しているそうだ。

「ミョーデス」ケビンが口をはさんだ。「がんというのハ、cancer のことデショ？ そんな病気になっていながら、体力のいる絞め殺し、しマスカ日本人は？」

「しないわ。毒殺、刺殺、車で轢《ひ》く、体に負担のかからない殺し方はいくらでもある。だから私はまず、こう思った。実行犯は別にいて、大峰は罪をかぶっているだけ」

殺された永山という女はかつて時枝達也という男を結婚詐欺にかけ、大金をせしめている。時枝は絶望して自殺し、学生時代のサークル仲間だった大峰は復讐《ふくしゅう》を誓った。姿をくらましていた婚約相手の正体を永山だとつきとめ、殺害した——これが大峰自身が告白している動機だが、それが嘘《うそ》だというのだ。

「実行犯は時枝や大峰と同じ大学のハイキングサークル《ナミウラ会》の同期メンバーよ。時枝は人望が厚かったから同期の誰からも好かれていた。私たちはその、大峰以外の同期の七人を片っ端から当たったの、でも——」

一気にしゃべったから喉が渇いたのだろう。田中刑事は再びジュースを飲む。

「七人全員に確固たるアリバイがあったんです」

浦辺が後を引き継いだ。開いたノートを見せてくる。そこには、七人の名前と事件の起きた四月六日の午前十時から正午までのアリバイが書かれていた。

杉下広樹《すぎしたひろき》　愛知県豊橋市にてドライブ、風景撮影。
冬原幸次《ふゆはらこうじ》　静岡県静岡市、江尻《えじり》にてサイクリング。
古木順《ふるきじゅん》　東京湾にて海釣り。千葉県富津《ふっつ》市の港に上がったのは正午ごろ。
野々宮《ののみや》ひさし　神奈川県横浜市、保土ケ谷《ほどがや》のホームセンターにて買い物。
諸岡華代《もろおかはなよ》　神奈川県藤沢市、片瀬海岸にて友人とランチ。
新川実夕《しんかわみゆ》　長野県岡谷市、諏訪湖畔にてバーベキュー。
中込佐世子　山梨県・石和温泉の旅館《清流荘》にて仕事。

「みんな都内から離れたところにいて、それぞれ証人がいる。完全にヒットだわ」

田中刑事はがっかりした様子だ。

「ん？　……ヒットなら当たってるだろ」

ちっちっちっ、と田中刑事は右手の人差し指を左右に振る。

「野球にたとえたわけじゃない。バックギャモンよ」

「わかんねえよ」

「だけどヒットされたからって、バーの上でいつまでもダンスしているわけにいかないわ。捜査はエンターし直しよ」

「わかんねえんだって」

「私はもう一度、大峰の身辺を探った。そうしたらびっくり。大峰が通院している病院の外科に、川奈重利《しげとし》という男がいるじゃないの。調査したら、ここにいる川奈理沙さんのいとこだということが判明したわ」

まさか、と秀次は理沙を見た。理沙はうなずいた。

「それは本当」

「遺体の第一発見者が、自首した容疑者の通院先に勤めている医師のいとこだった。これは偶然かしら？」

それで問いただすため、理沙に会いに来たというのだ。本来なら喫茶店などで話を聞きたかったが、昼時でどこも混んでいるのでカラオケボックスに連れ込んだらしい。

「偶然でもおかしくないだろ。だいたい、そんな間柄の容疑者とどんな関係にあるっていうんだ」

「いとこに会いに病院に行ったときに偶然出会い、恋仲になったとか」

ないないないないと秀次は手を振る。

「年齢差がありすぎるぞ」

「恋愛に年齢差は関係ないわ。遺体を発見したとき、川奈さんは長瀬君とケビンを店内に残して、一人だけ厨房奥の廊下へ行ったそうじゃない」

「一分もなかったぞ。あのわずかな時間に殺したって言うのか？」

「それ以前に殺しておいたのを、そのとき発見したように見せかけたかもしれない」

「こいつは午前中からずっと俺につきまとってたよ」

「ミョーデス」

白熱する会話のあいだに、ケビンの声がゆるりと入ってきた。いつの間にか粗末なテーブルの上に電子辞書を開き、浦辺のノートと見比べている。

「なんなの、ケビン？」

「ぼく、まだ読めない漢字いっぱいアリマス。だからこれ、使ウ」

「そうじゃなくて、何が『ミョーデス』なんだよ」

「六日はweekdayデシタ。七人のうち六人、遊びじゃないデスカ？　日本人、みな、春休みとってマス？」

「そんなことはないと思うけど。っていうかケビン、もうその七人の話は終わりよ」

「いや」浦辺が口をはさんだ。「田中さん、実はその点、僕も気になっていたんです。七人のうち、主婦の諸岡以外はみな、仕事があります。そのうち中込佐世子を除いた五人はみな、一昨日一日だけ有休をとってそれぞれの場所にいるんですよ」

浦辺の言葉に、田中刑事の顔が険しくなった。

「それだけじゃないんです」浦辺は田中刑事に向かって続けた。「杉下は愛知在住、野々宮と諸岡の二人は神奈川在住、中込は嫁ぎ先の旅館で働いていますから山梨在住。

この四人は自宅の近くにいたからいいとして、残りの三人は都内在住です。冬原は静岡、古木は千葉、新川は長野……三人が三人、わざわざ同じ日に有給休暇をとって、東京を離れています。まるで、永山の殺害時刻にできるだけ遠くにいたかったように」

「それって、全員がアリバイを作ったということなんじゃないのか?」

「難しく考えすぎよ。カーネギーメロン大学のスーパーコンピューターじゃないんだから」

田中刑事は腕を組んで椅子に沈み込むような姿勢になった。考えすぎと言いながら、自分が考えこんでしまっているようだ。

「しかし田中さん……」

「うるさいな。こんなヘンテコ留学生の言うことに影響されて、あんたそれでも刑事?」

浦辺は言い返さず、気まずい沈黙が流れた。

「……わかったわよ」田中刑事は沈黙には耐えきれない性格のようだ。「本当は私だって不自然だと思ってたのよ、川奈さんが犯人だなんて」

理沙の顔に少し安堵《あんど》の色がさした。

「だけどもう一つ聞かせなさい。凶器についてよ。科捜研の調べでは、首のまわりについていた細かい繊維は綿。だけどその色が、白と赤と青と黄色、少なくとも四種類あったの」

「ずいぶん、カラフルだな」

「川奈さん、遺体を見つけたとき、凶器らしきものは本当になかったのね？　カラフルな細い布みたいな」

「はい」理沙は答えた。「遺体の周囲には何もなかったと思います」

「アレ？」

　ケビンが口元に手を当てて天井を見た。視線の先には、光を放ちながらくるくる回るミラーボール。

「どうした、ケビン？」

「ヒデさんあのトキ、何か拾いませんデシタ？　倒れる女性のそば……」

「ああ、あのゴミな。廊下が掃除したあとみたいでぴかぴかだったから、気になってつい」

「なんですってっ！」

　田中刑事が立ち上がった。テーブルの上のコップが倒れ、ジュースがこぼれる。

「な、なんだよ」

「現場にあったものを拾い上げるなんてどういうつもり？」

「だってゴミだぜ？　事件に関係ない……」

「関係あるかないかはこっちが決めるの！　なんでもかんでも拾い上げて。フロリダの海岸で、ビーチコーミングでもしてるつもり？」

「意味がわかんねえんだよ」

「そのゴミ、どうしたのよ？」

「えっと、拾ってポケットに……あ、これ、あの日と同じジーパンだ」

右ポケットに手を入れると、鍵の手触りの下に紙の感触があったので引っ張り出す。だいぶくしゃくしゃになっていたが、あの日、死体のそばで拾ったゴミに違いなかった。

「浦辺！」

「はい。長瀬君、それ、こっちに」

いそいそと手袋を装着する浦辺に、秀次はゴミを渡す。浦辺は両手でそれをぴろりぴろりといった感じで広げた。細長い紙だ。幅二センチメートル、長さ二十センチメートルといったところだろうか。

「紙テープ？」

田中刑事が目を細める。

「それにしては、片面がつるつるですね。両面テープの接着面に貼ってあるものに見えます」

「関係あるかしらね？　一応保存しておきなさい」

浦辺はうなずき、ポケットから出したビニール袋にそれをしまった。

六

秀次がケビンとともに寮に戻ったのは六時すぎだった。

玄関を入ったそこは、寮生たちがくつろぐちょっとしたスペースになっている。ぼろぼろのソファーに座って、平塚優作と大坪大吾の二人が漫画雑誌を読んでいた。優作が顔を上げる。

「お、お二人さんお帰り。早くしないと、風呂の枠、埋まっちゃうよ」

この寮の風呂は大浴場と呼ぶには小さすぎ、湯船と洗い場のキャパシティーから考えて、一度に四人が限界だ。風呂場の前にはホワイトボードがあり、三十分ごとに入浴枠が設定された表がある。午後五時から、その日何時の枠に入浴するのかを早い者勝ちで書き込めるルールになっているのだった。

「風呂、とりあえずいいや。部屋で寝る」

「ぼくもデス」

「なーに、だいぶ疲れてるじゃん。まじめに授業聞きすぎたんじゃないの？」

「授業じゃねえ、カラオケだ」

忌々しい気持ちを抱えつつ、秀次は答えた。

田中刑事と浦辺は聞き込みを終えた後、ありがとうも言わずカラオケボックスを後にした。残された秀次とケビン、理沙の三人はしばらくワンドリンクのジュースを飲み続けていた。

「帰るか」

そう秀次が促したとたん、

「やだ。歌う」

理沙が突然そう言い出したのだった。あのアメリカ帰りの女刑事にさんざん疑われてむしゃくしゃしているらしかった。午後の授業はいいのかよと止めようとしたが、三年次までに必要単位のほとんどを取得済みの理沙は午後は授業はないという。

「俺はあるんだよ」

「いいって。どうせガイダンスでしょ。つき合いなさいよ」

無理やり教科書を買わせた人間とは思えない発言だった。

「Oh, KARAOKE!」

ケビンがはしゃぎだしたので、もう秀次の運命も決まったも同然だった。理沙は海外のロックンロールなどが好きで、秀次など歌詞もわからない激しい曲を次から次へと歌いまくった。秀次も負けじと知っている中では激しい感じの曲を立て続けに歌った。

ケビンはというと、来日前に父親の同僚の日本人から聞かされたという古めの日本の歌謡曲を次から次へと披露し（あまり上手くはなかったが）、最終的には軍歌まで歌い上げた。米軍を倒しに行った兵隊のための曲を、何十年か後、日本人大学生の前でアメリカ人留学生が歌うなんて――平和とは時に残酷なものだと、妙な感慨すら覚えた。

そんなカラオケは、五時間以上も続いた。

「あーすっきりした。ありがと。これからゼミの新歓だから」

理沙はあっけらかんとした口調で池袋の繁華街へ向かい、秀次とケビンは疲労困憊《こんぱい》のまま寮へと戻ってきたというわけだった。

「そりゃ楽しかったねえ」

腹の上に漫画雑誌を伏せた状態で、優作はにやにやしている。

「楽しかったデス。でも疲れマシタ」

「だから俺たち、寝るわ」

「富士山の夢、見られるかもしれマセン、縁起いいネ」

「そりゃ初夢だろ」

と、階段へ向かおうとしたそのとき、

「えー、寝ちゃうんですか。酒、飲みましょうよ」

大吾が雑誌から顔を上げた。

「なんだよ、なんかいい酒、あんのかよ?」

「今日はいいグラスが手に入ったんす」

「グラスだと?」

結局、二人に連れられて食堂へ行った。五、六人の寮生がいて思い思いに食事をしており、みな、秀次の顔を見て挨拶をする。

大吾が持ってきたのは、ワインボトルと、青い液体の入ったペットボトルだった。ペットボトルのラベルには「サイダー」とある。

「なんでサイダーなんだよ。日本酒を割るつもりか?」

「これに入れるんだよ」

優作が、グラスを四つ載せたトレイをテーブルに置いた。ウィスキーを注ぐタンブラーに近い形のものだが、底がやたら厚い。三センチくらいあるだろうか。

「Hmmm... これは」

ケビンがその分厚い底を観察する。

「さすがケビン、目の付け所が鋭いね。注ぐよ」

大吾はペットボトルのキャップをあけ、青いサイダーを注いでいく。

「うおっ！」「Ｗｏｗ！」

秀次とケビンは声をそろえて驚いた。グラスの分厚い底に、雪を頂いた青い富士山が出てきたのだ。

「色のある飲み物を注ぐと、その色が映って富士山の形が見えるようになってるんです。親父の知り合いの切子を作ってる会社の社長がくれたんですよ」

「キリコ？」

「日本の伝統的なガラス容器のことデスネ！」

大吾より先にケビンが言った。

「ガラス容器の表面に色ガラスをつけ、色ガラスを削ることにヨッテ、模様を浮き出させるんデス」

「そうそう。ま、このグラスは富士山メインだから色の模様はついてないけどね。次はこれ、ロゼワイン」

ワインボトルのキャップをあける大吾。新たなグラスに薄赤いワインが注がれていく。

「オー・マイ・カミサマ！　赤富士デス！」

ケビンが騒ぎ出し、他の寮生たちも食事を中断して「なんだなんだ」と集まってくる。

「そう。入れる液体の色によって違う富士山が楽しめるんだ。外国人向けのお土産《みやげ》として人気だっていうから、ケビンが喜ぶかと思ってさ」

たしかにこれは面白い。外国人じゃなくても喜ぶだろうと秀次は思った。

「ビールの色もなかなかいいんだよね。黄色い富士山ってあんまりイメージないけど」優作もご満悦の様子だ。

「ま、とりあえず乾杯しようよ。はい、ヒデはこの青い富士山」

「なんで俺がサイダーなんだよ」

ケビンはロゼワインのグラスを目の前に掲げ、赤富士をうっとりとした表情で眺めている。カラオケの疲れはもうどこかへ行ってしまったようだ。

「入れる飲み物にヨッテ、違う富士山。見る場所、見る季節、見る時間、見る人にヨッテ、富士山はいろんな表情を見せてくれマス。これはまさに……」

と、ケビンはぴたりとしゃべるのをやめた。口をあんぐり開け、驚いたような表情だ。そうかと思うと、

「What a Japanese! FUJISAN!」

叫び、グラスを置き、天井に顔を向けて目を閉じる。

「あな雅《みやび》ナリ、和の心。ダディ、マミィ、ぼくは今、確実に、日本にイマス！」

「どうしたの、ケビン？」優作が心配そうに訊いてくる。

「こないだもこうだったんだよ」

秀次が答えるか答えないかのうちに、

「チョト、スミマセン！」

ケビンはダッシュで食堂を出て行った。

三分ほどして戻ってきたケビンの手には大事そうに一冊の本が抱えられていた。

「ヒデさん。思った通りデシタ」

一同の呆れたような注目を受け、ケビンは言った。

「大峰さん、犯人デス。でもこの事件、それだけジャナイ。秘密が隠れていマシタ」

七

石和温泉駅から新宿駅までは、特急かいじで一時間三十分ほど。中央線に乗り換え、少し戻る形で中野へやってきた。本当に東京は、人が多くて疲れてしまう。大学時代にはこんなところに住んで、毎日友人と遊んでいたなんて……と、佐世子は過去の自分が信じられない思いだった。

被疑者となった俊輔は、これまで通院していた病院ではなく警察病院に入院しているという。駅から徒歩十数分。受付で病室番号を訊ね、三階へ。階段から少し歩いた個室だという。

ドアを引き開けると、そこにはすでに《ナミウラ会》のみんなが集まっていた。

「佐世子」

久しぶりに会ったというのに、華代の声はどこか浮かない。

佐世子は病室内の違和感に気づいた。まず、俊輔がいるはずのベッドには誰もいない。布団はしわ一つなく、空き部屋であることは明らかだった。

さらに室内には、仲間の六人以外に三人、いた。つい二日前に旅館にまで押しかけてきた田中刑事と浦辺刑事――この二人はいい。そもそも昨夜「大峰俊輔の容体が思わしくなくなったので明日の朝、入院先の病院に来てほしい」と連絡を入れてきたのは浦辺刑事だ。

だが、刑事たちの隣にいるこの長身の金髪碧眼の外国人はいったい――？

そして、俊輔は――？

「全員そろったわね」

田中刑事はかけていたサングラスを頭に上げた。

「どういうことです？　俊輔はどこに？」

「別の部屋にいるわ。だけど、彼に会わせる前に、あなた方全員に話してもらわなければならないことがある」

「なんだね、それは？」

　幸次が目を細めた。

「会社を休んでここへ来ているんだ。もったいぶらずに言ってくれないか」

「事件の真相よ」

「真相？　達也を騙《だま》した詐欺師の女を俊輔が手にかけた。それが真相だろう？」

　情のない言い方だと思ったが、俊輔の思いを無にしてはいけないので、余計なことは言うまい。

「永山蘭は時枝達也からお金を騙し取ったあと、しばらく香港《ホンコン》で遊び暮らしていたの。お金が尽きて再び帰国し、千駄ヶ谷のスナックで働きはじめたのが三か月前。一方、大峰俊輔が癌を宣告されたのは二年前。その後入退院を繰り返しながら治療に専念していた彼に、永山蘭の行方を知ることなんてできないわ」

「興信所に依頼したと言っていたが」

「どこの興信所か、大峰は教えてくれないのよ。そこで、本当は興信所じゃないんじゃないかと私は考えた。彼には、もっと信頼できる仲間がいる」

「俺たちが共犯者だって言うのか？」

幸次が笑いながら訊き返した。田中刑事はくいっと顎をあげ、挑発的な表情を見せる。

「違う？　これだけの人数で手分けして調査すれば、素人でも永山蘭にたどり着けると思うけれど」

「だったら病身の俊輔なんかに任せず、俺たちのうちの誰かが殺してやるさ。だが、わかっているだろう？　俺たちには全員、彼女が殺されたときに別の場所にいたアリバイがある」

田中刑事は満足そうに「そうね」とうなずいた。

「たしかにあなた方にはアリバイがある。だけどそのアリバイに、妙な共通点があるのよ」

焦りが佐世子の体の中を熱くさせる。ひさしが膝をさすりはじめた。落ち着かないときのしぐさだ。

「浦辺。ケビン」

「はい」「ハイ」

浦辺刑事と外国人青年が同時に返事をする。浦辺刑事はメモ帳を、ケビンと呼ばれた青年は手に持っていた大型の本を開いた。

「杉下広樹さん。愛知県豊橋市」

「『東海道吉田』デス」

ケビン青年の手が開いて見せたそのページには、一枚の江戸時代の版画があった。茶店の中、くつろぐ旅人とともに女性が富士山を見ている。その絵を、佐世子はもちろん見たことがあった。俊輔が計画を語りながら見せてくれた、葛飾北斎の『冨嶽三十六景』の中にある一枚だ。

「この茶店は現在の豊橋市にあったものと説明がアリマス」

「次、冬原幸次さん。静岡県静岡市江尻」

「ハイ。『駿州《すんしゅう》江尻』デス」

すばやく、ケビン青年は別のページを開く。

「古木順さん。東京湾千葉沖」

「『上総《かずさ》ノ海路《うなじ》』デスネ」

「野々宮ひさしさん。神奈川県横浜市保土ヶ谷」

「『東海道程《ほど》ヶ谷《がや》』デス」

次々と、アリバイを作った場所と、北斎が描いた、かつての風景が対応されていく。ひさしは膝をさすり、広樹は石像のようにじっと動かず、ケビン青年の画集の絵を見ている。華代が心配げにこちらを振り向く。昔から気が弱い子だった。そっと、その手を握る。

「諸岡華代さん。神奈川県藤沢市、片瀬海岸」

「『相州《そうしゆう》江《え》の嶌《しま》』」

「新川実夕さん。長野県岡谷市、諏訪湖」

「『信州諏訪湖』」

諏訪湖からも富士山が見えるんだね——計画を披露しながらそう言った俊輔の力ない微笑みが脳裏をかすめていく。みんなで見に行きたかったなあ——。

「中込佐世子さん。山梨県・石和温泉」

「『甲州伊沢《いさわ》暁《のあかつき》』。伊沢は現在の石和デス」

「以上です」「以上デス」

二人が同時に言うと、田中刑事は満足げに「ごくろうさま」と言った。

「永山蘭の居場所を突き止めたあなたたちは時枝達也の恨みを晴らすべく彼女を殺害することにした。そのとき、どうせ自分の命は残り少ないからと実行を名乗り出たのが大峰よ。彼は、永山を殺害するまさにその瞬間、あなたがたには一人ひとり別々の場所で完璧なアリバイを作っておいてほしいと頼んだ。遠く離れていても気持ちは一つ。それなら、かつてみんなで登った富士山の見える場所でアリバイを作っておこうじゃないかと提案したのは、あなたがたの誰かかもしれないわね」

「みなさんのサークル《ナミウラ会》というのは、この絵のタイトルから取られたものデスネ？」

　ケビン青年は、新たな絵のページを開いていた。押送船《おしおくりぶね》を翻弄するダイナミックな波のうねり。その向こうに見える富士山――『富嶽三十六景』の中でも世界的に有名な一枚、『神奈川沖浪裏《なみうら》』だ。

「北斎を愛し、富士山を愛し、アリバイを作るのに『富嶽三十六景』の絵のシーンを選ブ……、とても素敵な日本人デス」

「うるさいのよケビン。もう、役目は終わったんだから出ていっていいわ」

「Oh、冷たい、ナデシコさん」

「こんなのが何だっていうんだ⁉」

　幸次が叫んだ。

「こういう偶然だってあるだろう」

「あなたがたが全員で永山蘭を亡き者にしようとしたと思う根拠がもう一つあるのよ。癌にむしばまれて歩くのにも負担がかかるような大峰が、どうして絞殺なんて体力のいる殺害方法を選んだのか」

　田中刑事は幸次から他のメンバーに目を移していく。

「凶器はナイフでも自動車でもなく、全員分の気持ちをより合わせられる紐状のものでなければならなかったからね。永山の首に残された、何種類もの色の繊維。あなたがたは鉢巻のような細長い布を七本用意したのでしょう。一人一本、名前と、亡くなった時枝達也を偲《しの》んだ言葉でも書いたのかしらね」

華代の汗だくの手が、ぎゅっと佐世子の手を握った。彼女は学生時代、ずっと達也に思いを寄せていた。

「富士講デス！」

ケビン青年が口を開く。

「理沙さんが教えてくれマシタ。江戸の庶民、お金を積み立てるグループを作り、代表者だけ登山しマシタ。行けなかった人たちは代表者にモノを託し、ご利益を得たのデス。大峰さんに凶器を託したみなさん、マサシク、現代の富士講……」

「うるさいって言ってんのよ。長瀬くん、連れていって！」

病室の扉が開かれ、鼠色のパーカーを着た大学生風の男が入ってきた。すみませんすみませんと佐世子たちのあいだを抜け、ケビン青年の腕を引っ張る。

「行くぞ、ケビン」

「どうしてデスカ。まだ途中デス」

ケビン青年は引っ張られて出ていった。扉は滑るように自動で閉まっていく。

「やっとうるさいのがいなくなった。どこまで言ったっけ」

「これです」浦辺刑事が、小さなビニール袋を田中刑事に差し出す。

「ああそうそう。現場の遺体のそばにこんなゴミが落ちていたのよ」

ビニール袋を受け取った田中刑事は、一同にそれを見せた。両面テープの接着面についている紙のようだった。

「調べたら大峰の指紋がばっちり残されていた。永山を殺したあと、彼が現場にうっかり残したものね。文房具メーカーを片っ端から当たって、ようやく何なのかわかったわ。浦辺」

浦辺刑事がカバンからA4サイズの封筒を取り出した。ああ、それか——佐世子はなぜ現場にそんなものが落ちていたのか、すっかりわかった。

「これ、封をするための両面テープがあらかじめつけられた封筒。この、テープの接着面を覆っていた紙なの。さて、大峰はいったい現場で何をこの封筒に入れ、封をしたのか」

もったいぶるように一同を見回し、田中刑事は答えを言う。

「凶器の鉢巻よ。大峰は凶器については、自首する直前にどこかに捨てて覚えてないと証言したけど、それは嘘。仲間の大事な思いの詰まった凶器を捨てられるわけがないわ。あらかじめ、この中の誰かの住所を書いた封筒に入れて封をし、ポストに投函《とうかん》した。……どうして現場の目と鼻の先の千駄ヶ谷一丁目交番に自首しなかったのかもこれでわかるわ。あの近く、一度明治通りまで出なきゃポストがない。ポストから一番近いのが、三丁目の交番だったのね」

華代は下を向いて、もう泣きそうな顔をしている。

「大峰が郵送した凶器を受け取った誰かがこの中にいるはず。その人もきっと、同じ理由で処分なんてしていないでしょう。それを提出してくれれば、私が今話したことが真相だと、証明できるわ」

そうだ。昨日、田中刑事たちが捜査に来る直前に郵便配達員から受けとったあれは、今、佐世子の部屋の押入れの中にしまってある。みんなで登山したときに撮った、あの写真と共に。

「それは……」

言い出そうとした佐世子の言葉を、大きな笑い声が遮った。幸次だった。

「なんだよあんた。結局、証拠なんてないってことじゃないか。そのテープだって、俊輔がどこか別のところで封筒を使ったときのゴミをポケットかなんかに入れっぱなしにしといて、現場に偶然落ちただけかもしれない！」

言うな、俊輔の努力を無駄にする気か——幸次の怒鳴り声は、佐世子にそう言っているように聞こえた。

「……いいわ」田中刑事は妙に冷静な態度になっていた。「行きましょう。大峰俊輔のところへ」

一同のあいだを縫って扉を開き、廊下へ出ていく。

「みなさん、どうぞ」

浦辺刑事がやけに慇懃《いんぎん》な態度で促し、みな、ぞろぞろと廊下へ出た。ケビン青年とパーカーの大学生が並んで、椅子に腰かけていた。二人の刑事は彼らに見向きもせず、廊下を歩いていく。

やがて、病棟の一番奥の、薄暗い部屋へと通された。

佐世子は思わず、口元を押さえた。

眠っている。最後に会ったときよりだいぶやつれていた。土のような顔色、骨まで見えそうに痩せていて、まったく安らかそうな寝顔ではない。痛々しかった。

「余命、一か月だそうよ」

「そんな。半年と聞いていたぞ」幸次が目を見張った。

「殺人は体力とともに、精神力を使うもの。寿命が縮まってもおかしくない」

「うっ……」華代が口元に手を当て、涙を流す。実夕もひさしも、両手をこぶしにして震えていた。

「私はあなたがたに問いたいわ。彼一人を、殺人犯のまま死なせるつもり？」

順も広樹も、堪《こら》えきれず呼吸が荒くなっている。

「一緒に富士山の頂上で、日本一早い朝日を見た仲間でしょ？」

わああっと、ついに華代が泣き崩れた。

「華代！」幸次が叫ぶ。

「ダメだ。ダメだって」

「もういいわ、幸次！」

幸次を遮った佐世子の顔に、みなが注目する。広樹、順、ひさし、実夕、華代……

「もう……いいのよ」

九人で撮った写真の中の笑顔が、心の中にはっきりと浮かんできた。

八

秀次とケビンは、警察病院を出て駅まで歩いていく。気分は重かった。

凶器は、石和温泉で旅館を営む中込佐世子という女性のもとに届けられていることがわかった。彼女の自白により、ケビンの推理が正しかったことが裏付けられた。

仲間の一人の恨みを晴らすために、死を目前に迎えた一人が代表して殺人を行い、他の全員が口裏を合わせる……。さっきは生き生きしていたケビンも、さすがに陰鬱な気分になっているようだ。

「成層火山って知ってるか？」

気分を変えるべく、秀次はケビンに話しかけた。

「ナンデスカ？」

「コニーデともいうらしい。溶岩と砕屑物《さいせつ》が噴火のたびに重なり合ってできた火山のことだ。玄武岩質のちょうどいい粘性の溶岩だからこそ、すそ野が広がった円錐状の火山になる。まあ、富士山の形だな」

「ヒデさん、火山、詳しいネ」

「俺も勉強したんだよ、お前に負けないようにな」

ふっ、と笑い、秀次は続ける。

「コニーデは世界中にたくさんある。だが、その形を描いて見せると、世界中の多くの人間が『富士山だ』というらしいぜ」

「日本一の山、世界でも有名デス。世界遺産にも選ばれマシタ」

「だからよ……富士山はやっぱり、見る山だと思わないか？」

登るのは面倒だ。それより酒でも飲んでいたいというのが、やはり秀次の本音だった。

「美しい山なのは間違いありマセン。でもぼく、登りタイ」

「登ったらその美しい形が見られなくなるぞ。北斎だって描いてないだろ、登山の様子は」

するとケビンは立ち止まり、にやりと笑った。

「なんだよ」

「これ、見てクダサイ」

ケビンは北斎の本をぺらぺらとめくり、一枚の絵を見せた。秀次は愕然とする。

『諸人登山』と題されたその絵には、ごつごつした山肌を登っていく人々が描かれていた。背景に富士山はない。

「登る人の姿もマタ、富士山の美しい景色の一つ。北斎はそれをちゃーんと知っていマシタ。本当に偉大デス」

「……北斎め」

「山開きしたら、登りマショウ、富士山。理沙さんも一緒デス」

「あいつはうるせえからいいよ」

「みんな一緒のほうが楽シイ。寮のみんなも一緒デス」

行進でもするかのように意気揚々と駅へ向かうケビン。登山など気は進まないが
……屈託なくはしゃぐその姿はやはり、秀次を愉快にさせる。

「待てよ」

《ナミウラ会》の面々も、かつてこうだったのだろうなとかすかに思いながら、秀次はケビンの後ろ姿を追いかけた。

第 3 話

C
H
A

The Philosophy of Tea is not mere aestheticism in the ordinary acceptance of the term, [...] It is hygiene, for it enforces cleanliness; it is economics, for it shows comfort in simplicity rather than in the complex and costly;

茶の哲学は、世間で普通に言われている、単なる審美主義ではない。（中略）それは衛生学である、清潔をつよく説くから。それは経済学である、複雑奢《しや》侈《し》よりはむしろ単純さの中に慰安を示すから。

〈岡倉天心『茶の本』より〉

一

顔のすぐそばで、何かがぶるると震える音がする。虫か……？

いや、これは……と、美山武司《みやまたけし》は目を開いた。

うつ伏せになっていた。薄暗い。頭が妙にくらくらする。ここはどこだ……としびれた手でまぶたをこすると、目の前一メートルほどに床の間が見えた。掛け軸に、「花知一様春」という毛筆の文字がある。

「……茶室か？」

両手を支えにして上半身を起こす。とたんにごりごりとこめかみを削られるような痛みが襲った。

「いててて……」

こめかみを押さえつつ、胡座《あぐら》をかく。すぐそばに武司のスマートフォンがあり、着信を伝えていた。画面には「美山香枝」の文字。昨晩は外で酒を飲んだ。今日、香枝の大学に茶碗《ちゃわん》を持っていく約束をしていたから、十一時すぎには起きたはずだが……と記憶を引っ張り出す。台所に行き、いつものオレンジジュースを飲み……足が崩れて台所に倒れたのだった。

「あのジュースだ」

武司はすぐにスマートフォンを取り、「通話」をタップした。

「香枝《かえ》、お前」

〈あっ、うるさいっ！〉

自分からかけてきたくせに、香枝はそんなことを言った。

〈スピーカー設定になってるんですよ、直します〉と若い男性の声がする。

〈いいわ、このままで。……あなた？　今、どこにいるの？〉

「義父《とう》さんの茶室だ」

〈なんでそんなところにいるのよ〉

「知らないよ。だが風炉《ふろ》も入ってるし間違いない。なんなんだこの『花知一様春《はなしるいちようのはる》』の掛け軸……いや、そんなことよりお前、俺のジュースに何か入れただろう？」

少し、間があった。

〈あなた、ひょっとして今起きたの？　もう二時半をすぎていて、学生さんたち待っているわ〉

「なんだって？」

せいぜい三十分くらいだろうと思っていたが、そんなに長いあいだ、眠っていたのか。

〈今からお店に行って、茶碗を取ってこっちにきてくださいね。お茶を点《た》てて、お待ちいただくから〉

「わかったようるさいな。ああ……本当に頭がいてえ。茶室全体がぐらぐら揺れているみたいだ」

膝をつき、立ち上がろうとしてよろけた。炉が切ってあったら手を突っ込んでいたかもしれない。

なんとか躙《にじ》り口までたどりついた。

〈すぐ来られるのね？〉

「行くよ、行く。茶室だから切るぞ」

そもそも、茶室にスマホなんて持ち込んだことがばれたら、義父になんと怒鳴られるか。身震いしそうな気持ちで、躙り口の戸を開けた。

「……ん？」

〈もう切るわね。急いでね〉

通話の切れたスマートフォンを置いた。

「いったいこれは、どういうことだ？」

外の様子をうかがおうと躙り口から首を出した、そのとき――、

「くっ！」

首に何かが食い込んだ。体が持ちあげられ、肩が躙り口の枠にぶつかった。痛い。手足をばたつかせるが、声が出せない。首が絞めつけられ、声帯が自由を奪われている。だが声が出せない。首が絞めつけられ、声帯が自由を奪われている。

目の前が白くなり――武司は今度こそ本当に、永遠に意識を失った。

二

「ヒデ！　ケビン！」

精南大学のキャンパス内で、川奈理沙が呼び止めてきたのは、昨日、四月二十七日の午後四時すぎのことだ。

「Oh！　リサさん！」

長瀬秀次の横で金髪碧眼の青年が振り返り、大きく手を振る。ケビン・マクリーガル。精南大学男子学生寮《獅子辰寮》における、秀次の同居人。ロサンゼルスで旅行会社に勤める父親のもとで日本文化に目覚め、子どもの頃からしょっちゅう日本人が家に出入りするために日本語がぺらぺらになってしまったという、ちょっと変わった留学生だ。

「なんだよ、お前」

大声で呼び止めるなよ、と言いかけて言葉を飲んだ。理沙の後ろに、ロマンスグレーの髪をぴっちり撫《な》でつけた、背の低い教授がいたからだ。

「川奈君にずいぶん偉そうな口を利くじゃないか。彼女の助けがなければ、教科書も買えないと聞くが」

雄島総一郎。一年生のときからこの教授にはいじめぬかれ、単位を二年連続落とし続けた。三回目のチャレンジとなる昨年はお情けでなんとか『可』をもらった。本当は顔も見たくない相手だが、三年時に彼のゼミに振り分けられ、卒論も担当されることになっている。

「幼馴染なんですよ、こいつとは。それよりどうして教授がついてくるんですか」

「川奈君に頼みごとをされたんだ」

「頼みごと？」

「これよ」理沙は一冊の本を見せた。『奥深き茶道具の世界』というタイトルの下に、歪《ゆが》んだ茶碗の写真がある。

「茶の湯！　千利休《せんのりきゅう》！　オテマエ！」

ケビンが叫ぶ。こういういかにもな日本文化を目の前につきつけられると興奮してしまうのだった。理沙の差し出した本を受け取り、ぱらぱらとめくりはじめる。理沙は微笑みながらそれを見て、口を開いた。

「私、授業で茶道具についての発表をすることになったの。せっかくだから名の知れた作者の茶道具を見せてくれる人がいないかなと思っていたら、雄島教授が相談に乗ってくれて……」

「大悠院《だいゆういん》女子大学で茶道を教えている美山先生が、旦那さんの経営している古道具屋に仁清《にんせい》の器があると話していたのを思い出してね」

「ニンセイ？」

「野々村《ののむら》仁清。江戸時代の陶工デスネ」

秀次の疑問に、理沙より早くケビンが反応する。

「京焼の大成者でアリ、焼物に絵を描く色絵の技法を完成させマシタ」

「さすがだね」

雄島教授は満足そうだが、秀次には何のことやらさっぱりわからない。

「先ほど連絡したら、明日見せてくれると快諾してくれた。三限の終わったあと、つまり午後の二時半に大悠院女子大学でな」

「写真も撮っていいって」

「そりゃよかったな」

今のところまったく興味の持てない話に、秀次はそれだけ返事をした。

「じゃあ、俺たち急ぐんで」

ケビンの手から茶道具の本を奪い取り、理沙に押し付ける。そんな秀次の腕を「待ちたまえ」と雄島教授がつかんだ。

「話は終わってない。美山先生は川奈君に、お茶をふるまうとおっしゃった。長瀬君も行くんだ。もちろん、ケビン君も」

「はっ？　なんでです？」

「そりゃ、ケビン君が行きたいだろうと思ってさ」

「行きたいデス！」ケビンは人差し指を立てた右手を挙げ、ピンと背筋を伸ばす。

「いや、こいつは行きたいだろうけど、なんで俺まで」

「茶道は心を整えるのにぴったりの体験だ」

雄島教授はぴしゃりと言った。

「堕落した学生生活を改めるいいきっかけになるとは思わんかね」

本当に嫌みったらしい言い方だ。

「ヒデさん！　ぼく、ヒデさんと行きタイ！」

ケビンがはしゃいで秀次の服の袖を引っ張った。しょうがねえな、という気持ちがヒデの中に芽生えた。面倒くさいという気持ちが薄れたわけではない。しかし、このアメリカ人留学生が子どものようにはしゃぐのを見ているとどことなく愉快な気持ちになるのだ。

そんなわけでその翌日、つまり今日、四月二十八日の午後二時三十分、秀次は理沙とケビンと共に、目白にある大悠院女子大学までやってきた。建物を近代的に建て直しつつある精南大学と違い、クラシックで落ち着いた雰囲気が漂っている。

「美山先生ですか？」

待ち合わせ場所の文学部棟のロビーにいたその女性に、理沙が話しかけた。年齢は三十代の半ば。緑色の、春の気候によく調和した和服姿だが、手にはスマートフォンを持っている。

「ええ」

「川奈理沙です」

「ああどうも、よくいらっしゃいました」

美山家は、明治時代から女子教育において茶道を指導してきた家だという。香枝もそれを受け継ぎ、大悠院女子大学だけではなく他の大学でもいくつか授業を持っていると雄島教授から聞いていた。だからもっと厳しい感じを予想していたが、ずいぶんと親しみやすい雰囲気だ。

「この二人は私の友人で、長瀬秀次と、留学生のケビンです」

「はじめマシテ！　ケビン・マクリーガルデス」

「雄島教授から聞いています。日本が大好きなんですってね」

「はい。おしりみおき、おかい、お願い申し上げマス」

「お前、いつになっても『お見知りおき』言えないよな」

ケビンと秀次のお決まりのやりとりに上品に笑ってから、「ところで」と香枝は表情を変えた。

「約束の焼物なんですが、私が三限の授業をやっているあいだに夫が届けてくれることになっていたんだけど、まだ届いていないのよ」

「えっ、そうなんですか？」

「ごめんなさいね。本当は私が持ってくればよかったんだけど、古道具屋の鍵は夫が管理していて。ちょうど今、電話で確認しようとしていたところなの」

「それで、スマートフォンを」

「そうなの。ちょっと待っててね」

三人から少し離れ、電話をかけはじめる。トゥルルルという呼び出し音が、やけに耳についた。

「なあ、あれ、スピーカー設定になってるぞ。教えてやったほうがいいんじゃないのか？」

秀次は理沙に言うが、「余計なこと言って、恥をかかせるんじゃないの」と理沙は怖い顔だ。

「Ｏｈ！　恥の文化、ニッポン！」

ケビンはケビンでわけのわからないことを言っている。

〈香枝、お前〉

通話が始まり、男の声がロビーに響いた。

「あっ、うるさいっ！」

香枝が耳からスマートフォンを遠ざける。やっぱりわかっていなかったらしい。秀次は近づいていく。

「スピーカー設定になってるんですよ、直します」

「いいわ、このままで」香枝は秀次を手で制し、スマートフォンに話しかけた。

「あなた？　今、どこにいるの？」

〈義父さんの茶室だ〉

「なんでそんなところにいるのよ」

〈知らないよ。だがフロも入ってるし間違いない〉

なぜいきなり風呂の話なんかするのか。口調が少し寝ぼけているような気がした。

〈なんなんだこの『はなしるいちようのはる』の掛け軸……いや、そんなことよりお前、俺のジュースに何か入れただろう？〉

やはり、言っていることが支離滅裂だ。香枝もおかしいと気づいたのか、眉根を寄せ、スマートフォンを眺めている。数秒の間を置き、質問を返した。

「あなた、ひょっとして今起きたの？　もう二時半をすぎていて、学生さんたち待っているわ」

〈なんだって？〉

「今からお店に行って、茶碗を取ってこっちにきてくださいね。お茶を点てて、お待ちいただくから」

〈わかったようるさいな。ああ……本当に頭がいてえ。茶室全体がぐらぐら揺れているみたいだ〉

「すぐ来られるのね？」

〈行くよ、行く。茶室だから切るぞ〉

その直後、〈……ん？〉という声が聞こえた。

「もう切るわね。急いでね」

香枝は気にする様子もなく、通話を切った。

「みなさん、本当にごめんなさい。夫、昨日、敬助《けいすけ》とお酒を飲みに行ってね」

「けいすけ？」

「私の幼馴染で、結婚以来、夫とも親しくしているの。……ごめんなさい。全然関係のない話だわ」

ごまかし笑いをすると、

「先にお茶を点てて差し上げたいのだけど、いいかしら？」

「はい。私たちは急ぎませんから」

理沙が答えた。その横でケビンは小さくガッツポーズをしている。

三人は建物の裏に案内された。竹と庭石の簡素な庭が作られており、敷石が続く先に、木造の小さな小屋がある。

「美しい庭デス」

「茶道の場合、『庭』ではなく『露地』というのよ」

ケビンに説明しながら、香枝は飛び石を歩いていく。

「ロジ。勉強になりマシタ。Ｗｏｗ、灯籠《とうろう》も美しいデスネ。Los Angeles のぼくの家にも、父が灯籠、おいてマシタ」

「そう。あれは、さっき話した敬助が選んで設置してくれたの」

「敬助さん、和の心、ありマスネ」

「どうかしら」と香枝は笑った。「家が釣具屋だから手先は器用で、今は舞台の大道具の仕事をしているわ。でも、茶道には子どもの頃から全然なじめなくて、うちの父にもよく怒られていた。私は父のように怒ったりしないから、リラックスして楽しんでね。さあ、茶室に着いたわ。まずはつくばいで手を清めて。そして、ここから入ります」

　示されたのは七十センチ四方ほどの小さな戸板だった。

「こんな小さなところから？」

　秀次は思わず言った。

「躙り口デスネ」ケビンがまた解説を始める。「大名は刀を、貴族は烏帽子《えぼし》を、ここで外さなケレバ、中に入れマセン。また、必ず頭を下げなケレバ、入ることはできマセン。茶室の中で、招かれた人々が身分なく対等になれるようにと、千利休が考えマシタ」

「お前、相変わらず俺より詳しいじゃねえか」

「昨日の夜、勉強シマシタ」

　にこりと微笑むケビン。そういえば夜遅くまでパソコンで動画見てたなこいつ……と思っていたら、理沙が秀次の背中を小突いてきた。

「あんたは勉強しなすぎ」

　亭主は最後に入ることになっているというので、まずケビンが入り、理沙が入っていった。それに続き秀次も身をかがめて恐る恐る入っていくが、

「いてっ！」

　やはり、頭をぶつけた。

中は四畳半だった。土壁に、真新しい畳。床の間にはよく読めない字の書かれた掛け軸と、一輪挿しがある。中央の畳の一部が切り取られ、そこに茶釜が置かれていた。湯はすでに沸いているらしい。そばに柄杓《ひしゃく》や、その他の茶器が並んでいて、香枝はその近くに座るものと思われた。

「シンプルで美しいデス。でも、照明、ありマスネ」

すでに床の間に近い位置に正座をしているケビンは、天井を見上げて不思議そうにしている。

「傾斜した屋根の低い軒が日光をほんの少ししか入れナイカラ、日中でも茶室の光は和らげられてイル――『The Book of Tea』に書いてありマシタ」

明治時代の美術運動家、岡倉天心《おかくらてんしん》が英語で書いた、日本の茶の文化を紹介した本だという。

「本当によく勉強しているわねケビン君」秀次のあとから入ってきた香枝が言った。「この茶室はお稽古のためだから、手元が見えるように電気の照明を入れているの。今でも本格的な茶室は照明がないところもあるけれど、ほら、こっちのほうが掛け軸も茶器も、よく見えるものね」

香枝は茶室の奥へ進み、茶釜の前に正座をした。

「それでは、始めます」

そこからは、秀次にとって気苦労の多い時間となった。まず、生菓子が供されたが、小さかったので一口で食べたところ、「楊枝《ようじ》があるんだから切りなさいよ」と、理沙に叱られた。懐紙という紙でその楊枝を包むのにも折り方があり、四苦八苦しているところへ、ケビンにお茶が供された。本と動画で得た知識しかないくせにケビンは優雅なしぐさでそれを自分のところへ引き寄せ、茶碗を回して飲む。いくつか香枝に指導されたものの、ずいぶん落ち着いたしぐさだった。

続く理沙の動きも見ていたのに、秀次はまごついた。畳の上をずっていく方法もままならず、茶碗を取り上げても回す方向がわからない。茶に口をつけて一気に飲めば「三口半から五口に分けて飲みマス」とケビンに指摘され、礼も何もかも忘れて、額に嫌な汗をかくだけだ。……これは、俺には合わない。早く帰りたい。

ところがケビンと理沙の二人はだいぶこの空間が気に入ったようで、茶道の文化や茶器についていろいろ質問をしはじめた。それが二十分ほどつづき……

「ここで、正客が『終わりにしてください』と言えば、会は終わり。言われなければもてなす側は二服目、三服目と点てなければならないわ」

「そうなんデスカ」

「今日は、初めの座った位置で、ケビン君が正客ね。どうします？」

「はい。終わりにしてクダサイ。大変、貴重な体験デシタ」

「そう。長瀬君はどうだったかしら?」

帰りたそうな雰囲気を察してくれず、香枝は秀次に訊いてくる。

「は、はい。一杯だけのお茶でしたが、その……」俺は何を言っているんだ？「一杯ほどの温かさでした」

「それは『一輪ほどの暖かさ』でしょ」

すかさず理沙が口をはさむ。

「『梅一輪一輪ほどの暖かさ』。服部嵐雪《はっとりらんせつ》。季節感もめちゃくちゃ」

「そ、そうか？」

香枝がくすりと笑う。秀次は一刻も早く退散したいと、躙り口のほうへ向かう。正座をし続けた秀次の足は、もうほとんど感覚がない。

「いてっ！」

外に出るとき、また頭をぶつけた。

三

翌二十九日は、祝日だった。

秀次は、《獅子辰寮》の食堂の床に正座させられている。

「ヒデさん。さっきも言ったヨ。茶碗を自分と次客の間に引き寄せタラ、マズ、次客にオジギ」

「あ、ああ……お先にいただきます」

畳の縁代わりのガムテープの近くに両手をつき、左隣に座っているムシオにお辞儀をした。ムシオも気まずそうにお辞儀を返す。

昨日、大悠院女子大学から寮に帰ってからというもの、ケビンはお土産にもらった茶道のDVDをノートパソコンで再生し、一晩中かじりついていた。もちろん秀次は興味がないのでいつも通り漫画を読みながら酒を飲み、十二時すぎには寝てしまったが、ケビンの茶道熱は今日になっても冷めることはなかった。「ヒデさん、忘れないうちに、練習しマショウ！」——朝食を終えるなりそんなことを言い出し、食堂のテーブルを脇に寄せたスペースに即席の茶道練習所をこしらえ、ムシオと大吾まで巻き込んで、もう一時間ばかり練習をしているのだった。

「もう、飲んでいいんだっけ？」

「ノー。茶碗を目の前に掲げて、感謝の意を示しマス」

「ああ、そうだった」

茶碗と言っても、寮で普段お茶を飲む湯飲み茶碗だ。それをうやうやしくかかげ、中に入っている抹茶代わりの酒を飲む。昨日の経験が生き、だいぶ余裕ができてきたと自分でも思う。

「おいしいですか、ヒデさん」ムシオが訊ねてきた。

「そりゃ、酒だからな」

「正客以外は、静かにしてクダサイ」

ケビンが厳しく言いながら、お玉をとりあげた。もちろんこれは、柄杓の代わりだ。

と、そのとき――、

「何をやってんのよ、冴えない学生たちが」

「わっ！」

とげのある女性の声に驚き、湯飲みを手から落としてしまった。酒がこぼれ床に広がっていく。声の主を見る。

「た、田中さん……」

つんとした鼻に、真ん中わけの茶髪。頭に、レンズの大きなサングラスを載せている。アメリカのキャリアウーマンの着るようなスーツに身を包み、腰に手を当てて、秀次たちを見下すように眺めている。背後には部下の浦辺が背筋を伸ばして立っていた。

「おー、ナデシコさん！　ぼくたち、茶の湯、やってマス！」

「茶の湯ってねぇ……」

田中刑事はあきれ顔で言った。

「どう見ても、狸《たぬき》に化かされている連中よ」

リノリウムの床にガムテープで再現された四畳半。茶釜代わりの鍋に柄杓代わりのお玉、建水《けんすい》は洗面器だし、棗《なつめ》はコーラの空き缶、茶杓《ちゃしゃく》はスプーン。プラスチックの平皿に供された茶菓子は、ムシオの部屋にあった駄菓子のラムネだ。……たしかに、狸に化かされているというのは言いえて妙だ。

「ナデシコさんもお招きされマスカ？」

「されないわよ」

「何しに来たんだよ？」

訊ねる秀次にぐっと顔を近づけ、彼女は言った。

「殺人事件の捜査よ」

＊

ムシオと大吾は部屋に帰り、ケビンと秀次はテーブルについて田中・浦辺の警視庁コンビと向かい合っている。

「昨日、四月二十八日の午後五時ごろ、港区台場の台場公園から五十メートルほど沖の海上に、男性の遺体が浮いているのが発見されました」

浦辺がメモ帳を見ながら事件概要を説明する。雰囲気は頼りないが、声はアナウンサーのように聞き取りやすい。

「発見者は、全日本ヨット連盟の役員の方で、来年お台場で開催されるヨットレースのコースの下調べをしている最中でした。所轄の湾岸署によって引き上げられた遺体は三十代の男性。検視の結果、死亡推定時刻は遺体発見の二時間前から三時間前……つまり午後二時から三時のあいだということになりますね。首を針金状のもので絞められ、絶命したあとに海に投げ込まれたものと思われます」

「私たちもすぐに駆け付けたんだけど、困っちゃってね」

よく磨かれた爪をいじりながら、田中刑事が口をはさむ。

「遺体の身元が全然わからなかったのよ。財布もケータイも持ってない。せめてコンビニのレシートでも持ってりゃ目星のつけようもあったんだけど、それもなし。妙なことに靴まで履いてなかった。海に漂っているあいだに脱げちゃった可能性もゼロじゃないけど、不自然よね」

「雪駄《せった》を履いてたじゃないデスカ？」

ケビンが口をはさむ。

「マタハ下駄。日本人の足元のおしゃれデス」

「靴下は履いてたの。雪駄や下駄を履いていた感じはないわ。話の腰を折らないで」

「Oh、スミマセン」

「まあとにかく、身元不明のせいで初動捜査は遅れていったわけ。ところが夜の十一時をすぎて、突然身元が明らかになったのよ」

田中刑事は早口で言うと、続きを言えと浦辺を促す。

「湾岸署管内の交番に、袖沼真季《そでぬままき》さんという女性が現れ、『台場公園で見つかった遺体は知人かもしれない』と申し出たんです」

袖沼は午後一時、知人男性にお台場海浜公園近くのレストランに呼び出されていた。約束の時間をすぎてもやってこなかったが、遅刻はいつものことなので待ち続けた。やがて夕方になり、日が暮れ、レストランの閉店の時間になってしまったのであきらめて店を出たところで、はるか台場公園のほうに警察のパトランプが回っているのが見えた。近くを歩く人の話で遺体が揚がったことを知り、胸騒ぎを覚えて交番に向かったのだという。

「決め手は彼女の『彼なら右の耳たぶにほくろがある』という言葉でした。遺体にあったその特徴についてはまだマスコミに公表していませんでした。すぐに遺体を確認してもらったところ、彼女は泣き崩れ、『美山武司さんに間違いありません』と言ったのです」

浦辺の話をぼんやり聞いていた秀次は、その名前を聞き、尻に針を突き立てられたような衝撃を覚えた。

「美山武司って、大悠院女子大の美山先生の旦那じゃないか？」

「Oh、そうデス！　仁清を持ってくるのスッカポシタ人です！」

スッカポシタじゃなくて「すっぽかした」だろ、とケビンの言い間違いにツッコミを入れるどころではなかった。

「おい田中さん、それは間違いないのか」

「間違いないわよ。そのあと、奥さんの美山香枝さんを呼んで確認したから」

死亡推定時刻は午後二時から三時のあいだ。ということは、秀次が声を聞いてからすぐ後に彼は殺されたことになる。呆然《ぼうぜん》とする秀次の横で、

「でも、ミョーデス」

ケビンが眉を顰《ひそ》めている。

「昨日、武司さんはお店から仁清の茶器を目白まで運んでくるはずデシタ。ナゼ、別の人と待ち合わせしてるんデス？　どういう関係デス？　武司さんと発見者のヒト」

「袖沼真季は武司の浮気相手よ」

田中刑事はなぜか嬉《うれ》しそうに口元を緩ませた。すかさず、浦辺が説明をさしはさむ。

「武司と香枝は七年前に結婚しましたが、すぐに関係がぎくしゃくしはじめたそうで

す。そんなときに武司はかかりつけの歯科医院で衛生士をしていた袖沼に声をかけ、関係が始まります。昨年、香枝は武司と袖沼の関係に気づき、離婚寸前にまでなりましたが、武司が平謝りに謝りました。『袖沼真季とは二度と会わない』『密会に使っていたお台場にはもう二度と足を運ばない』この二つの誓いを立て、事態は収拾がつきました。武司は誓いを頑《かたく》なに守っていたはずだと、多くの知人が証言しているのですが……」

「守れるわけ、ないじゃない」

　田中刑事はいよいよ嬉しそうだ。

「二十七日の夕方六時すぎ、袖沼のパソコンのアドレスに武司からメールがあったのよ。『明日、お台場の例のレストランで、午後一時』。……この事実を香枝が知ったら、怒りで頭が沸騰して、武司に殺意を抱いたっておかしくない」

「おい、待てよ」秀次は突っ走る田中刑事を止めた。「武司が殺されたのは二時から三時のあいだなんだろ？　そのあいだ、美山先生は俺たちと一緒にいたぞ」

「あら、やけに熱くなって美山香枝のアリバイを主張するじゃない？　美人だものね、あの人」

「そういうことを言ってるんじゃない！」

　本当は、美山香枝の微笑みが脳裏に浮かんでいたのは事実だった。

「大丈夫よ、そんなにむきにならなくったって。ここに来る前に、川奈理沙さんのところへ行ってきたから」

「ん？」

「死亡推定時刻に他大学からきた三人の学生と一緒にいて、二時すぎに武司と電話で通話していると、香枝が主張したの。話を聞いたら、その学生ってのが、よく知ってる名前だった。で、確認しにきただけよ。川奈さんも長瀬君とまったく同じことを証言したわ」

すっ、と椅子から立ち上がる。

「あんたたちの証言も得られたし、これで決まりね。浦辺、袖沼真季の線で行きましょう。昼の一時から十時間も同じ店のテラス席にいたなんて、やっぱりおかしいわ。店内から死角の席だし、テラスだから抜け出して武司を殺すことだって不可能じゃなかったはず。行くわよ」

「はい」

二人の刑事が出て行こうとしたそのとき、

「ミョーデス」

ケビンがまた言った。田中刑事がぴたりと足を止め、その背中に浦辺が「いて」とぶつかる。

「武司さん、電話で『茶室にいる』って言ってマシタ」

「はっ、そうだ」秀次も思い出した。「『とうさんの茶室』とか言ってたな」

「それも香枝本人から聞いたし、川奈さんにも確認済み。『とうさんの茶室』っていうのはね、香枝のお父さん、つまり武司にとっての義理の父親の持つ茶室で、深川の自宅にあるのよ。で、彼がそこで香枝からの電話を受けたというのは真っ赤な嘘だということがわかっているの。しょうがないから浦辺のほうから説明してあげるわ」

「え、あ、はい」浦辺はポケットにしまったメモ帳を慌てて取り出す。「ええと……武司のスマートフォン自体は見つかっていないのですが、携帯電話会社には通話記録が残されており、通話相手と、だいたいどのあたりで通話したかがわかるんです。昨日午後二時三十一分、美山香枝からの着信をたしかに受け取っており、場所は港区台場一丁目付近となっています」

「ちょうど、遺体が発見されたあたりよ。浮気相手と会うためにお台場に行ったところ、妻から突然電話がかかってきた。あ、そういえば今日は茶碗を大学に持って行ってやる約束をしたっけ――焦りながらも電話に出た彼はとっさに言い訳したんでしょう、『義父さんの茶室で目が覚めた』とね。そのとき、そばに真季がいたのかもしれないわ。通話が終わった後で、彼女は武司を問い詰めた。あんた、奥さんといつ別れるのよっ！」

浦辺の首を絞めにかかる田中刑事。浦辺は「ひっ！」とメモ帳を取り落とした。

「やめてくださいよ、田中さん」

「ごめんごめん、ちょっとテンションが上がっちゃって。とにかくこれで決まり。あとは真季がレストランのテラスをしばらく留守にする方法を考えるだけ。あーしゃべりすぎて喉が渇いた。お台場に行く前に、どこかで喉を潤していきたいわ。長瀬君、このあたりに午前中から美味《おい》しいノンアルコールカクテルの飲める店はないの？ テキーラサンセットがいいわ」

「それテキーラ入ってるだろ」

「午前中からサ、サ、サンセットはありマセン」

二人からのツッコミに田中刑事は「ふん、これだから池袋の学生は」とわけのわからない捨てゼリフを残し、秀次の知らない洋楽を口ずさみながら去っていった。

田中刑事たちを見送りつつ、秀次は香枝のスマートフォンから漏れ聞こえていた夫の武司の声を思い出す。たしか、風呂がどうのこうのと言っていた。……茶室で風呂なんて、寝ぼけているとしか思えない。浮気をごまかすときに、あんな変な発言をするだろうか。

「なんか、腑《ふ》に落ちねえな」

「落ちナイ？ 何がデスカ？」

「納得できないっていう意味だよ。電話口の向こうの武司、本当に寝ぼけているみたいだったよな」

「ぼくもそう思いマス。でも、通話記録は、武司さんがお台場にいたこと、証明スル……」

ふと、なぜこんなことを考えているのかと自問した。殺人事件の犯人になんか、本来は興味はないのに。今日だって本当は、午前中からパチンコに行ってやろうと思っていたくらいだ。絵に描いたような悠々自適な自堕落学生生活。それが、少し前までの秀次の毎日だった。

それがどうだ、この留学生と同居するようになってから妙に殺人事件に引っ張りまわされるようになっている。それも、日本文化の関わるような妙な事件ばかり。桜、富士山ときて、今回は茶道。被害者が死ぬ直前にかけてきた「茶室にいる」という電話。だが、その電話の通話記録では、そのとき彼は茶室から離れた場所にいて……。

いや、だから殺人事件なんて興味ないんだって。もう一度自分に言い聞かす。本当に、この妙なアメリカ人と出会ってから毎日のサイクルが変わってしまった。

テーブルの上に置いてあったスマートフォンが震えた。理沙からだった。

〈もしもし、ヒデ？〉

「おう、理沙。田中さん、寮にもきたぞ。今、上機嫌で帰ったけど」

〈そう。あの……〉言いにくそうな声だった。〈美山先生が、昨日のお詫《わ》びをしたいから、いらっしゃいませんかって〉

「どこにだよ」

〈深川の、ご自宅〉

秀次は思わず、ケビンのほうを見た。夫が殺された翌日に人を呼ぶなんて……。

四

「これが、仁清の茶碗デスカ！」

木箱から取り出された陶器に、ケビンは目をキラキラさせている。少しくすんだような白色の浅い茶碗で、川に浮かぶ桜の絵が描かれている。

「詳しい値段は聞いていないけれど、百万円は下らないそうよ」

「百万円！」

秀次は目が飛び出そうになり、ケビンは子どものように喜んで写真を撮っている。ところが、いちばん茶碗を見たかったはずの理沙の表情は沈んでいた。

「美山先生、本当にこんなときに伺ってよろしかったんでしょうか」

「いいのよ」

昨日よりやつれてしまった印象の頰を緩ませ、香枝は答えた。

「警察から遺体が返ってくるのは明日だし、葬儀の打ち合わせは午後三時からということになってってね。一人でいると却って気が滅入《めい》ってしまいそうで」

美山家はこの深川で代々茶道具を中心に扱う古道具の店を営んでいる。香枝の母親は五年前に他界しており、夫の武司を除くと、この家に住んでいるのは他に、香枝の父であり当主の柴三《しばぞう》だけだそうだ。柴三は三日前から茶器の品評会で金沢へ出かけており、事件の報《しら》せを受けて今日帰ってくるとのことだった。

竹垣に囲まれた広い敷地は、半分以上が庭になっており、その一角に茶室が設けられている。今、秀次たちは、その庭に臨む応接室にて、茶碗を見せてもらっている。

「Beautiful. Indeed Japanese」

茶碗の値段にはびっくりしたものの、興奮するケビンがあまりに場違いな気がして、秀次は「こら」と背中を小突いた。

「本当にいいのよ、長瀬君。そんなに喜んでもらってうれしい。他の茶道具も見る?」

「はい。でもぼくまず、茶室が見たいデス!」

「わかったわ。せっかくだから一度玄関から出て、露地も見てね」

連れ立って玄関へ戻る。秀次が自分の靴を持ち上げた、そのときだった。がらがらと引き戸が開き、息を切らせた男がぬっと顔を出した。

走ってきたのか、頬が紅潮している。薄緑色のつなぎを着ているが、細身の筋肉質であることがわかった。無精ひげを生やし、吊り目で、とっつきにくい印象を与える顔立ちだった。

「香枝。大丈夫か！」

「敬助。今、お客さんが来ているから、帰って」

「客って、こんなときに……」

「けいすけ……って、先生の幼馴染の、大道具の」

理沙が言った。そういえば昨日彼のことを聞いていたなと、秀次は思い出す。

「ええそうよ。すぐ近くの《あさり冥利《みょうり》》っていう劇団で大道具係をしているのよね？」

「ああ」ぶっきらぼうに返事をして、「本当に大丈夫なのか？」と話を戻そうとする。

「大丈夫よ。今から茶室に行くところだから」

玄関から出て、ぐるりと建物を回り、露地へやってくる。岩の配置や砂利の敷き方などにもいろいろ理由があると香枝は教えてくれるが、秀次の耳には全然入ってこない。

茶室の前に着いた。

「今、つくばいに水は入っていないけれど、一服点てるわけじゃないからそのままどうぞ」

「はい」

　ケビンは躙り口の戸を引き開け、靴を脱いですっかり慣れた様子で上がっていく。続いて秀次も入る。気を付けたので、頭をぶつけることなく、入ることができた。

「これぞ、『The Book of Tea』で読んだ茶室デス」

　両手を広げ、天井に顔を向けるケビン。照明がなく、屋根と壁のあいだから差す光で室内が見えることを言っているのだろう。

　大悠院女子大学の茶室よりだいぶ渋い感じだった。土壁はまさに抹茶を混ぜたような落ち着いた色。畳も新品ではなく、床の間には皮をそのまま残した木材が使われていて、秀次にも風流を感じさせてくれた。

　昨日と同じく部屋の中央に炉が切られているが、かすかに灰が残っていて、普段は炭を使っているのだとわかった。

「これ、なんて書いてありマス？」

　ケビンが、掛け軸を指さした。秀次には到底読めない崩し字だ。

「『柳緑花紅《やなぎはみどりはなはくれない》』よ。柳は緑色で、花は紅色。あるがままの色が一番美しいという意味ね」

　理沙に続いて入ってきた香枝が説明してくれた。

「掛け軸にはその日のお茶会の心構えを示したものを選ぶの。禅に関する書物から引用した言葉や、季節の風流を表した言葉が多いわ。この言葉も禅語で、今の季節にぴったり」

「なるほど」と返事をしてすぐに、おかしなことに秀次は気づいた。

「妙だな」

理沙がぷっと吹きだす。

「なによヒデ、ケビンの真似？」

「あ？　ああ、いや、そういうわけじゃないが、昨日、電話に出た武司さん、『なんなんだこの掛け軸』って、別の言葉を言わなかったか？」

「ええ、そうだったっけ？……っていうか、別の言葉でもおかしくないじゃん。あれって武司さんの嘘だったんでしょ」

「先生の電話を受けたノ、台場一丁目付近ダッテ、浦辺さん、言ってたネ」

ケビンも理沙に同意した。

「いやあ、俺にはどうも、武司さんが本当にこの茶室から電話をかけたように思えるんだよなあ」

「なんでよ」

「寝ぼけ具合がリアルだった。寮の仲間としこたま飲んだ翌日、みんなあんなしゃべり方になる」

「なにそれ」と理沙が馬鹿にしたように笑ったそのとき、

「香枝」

躙り口の向こうから声がした。敬助がしゃがんで、覗き込んでいる。

「俺、もう仕事だから行くけど、何かあったら遠慮なく電話しろ」

「まだいたの？　本当に大丈夫だから」

「俺は、お前の味方だからな」

「わかったから。じゃあね」

敬助は一瞬、名残惜しそうな顔をしたが、去っていった。

「先生のこと、心配しているんですね」理沙が言った。

「子どもの頃からああなのよ。……ところで長瀬君。夫が私の電話を受けたのは、ここなんじゃないかということだけど、やっぱりそれはないわ」

「通話記録がありますもんね」

理沙が言った。

「それもあるけど、警察にそのことを聞く前から、私はわかっていたの。夫の実家は葛飾《かつしか》の古道具屋で、同業者ということで父親同士が仲が良くて、中学生の頃からよくお茶の席で一緒になっていたのよ。つまり夫も茶道の作法が身に染みている人間よ。

茶室の中で眠るなんて、あの人に限ってありえない。スマートフォンを茶室に持ち込むのだって、言語道断よ」

香枝は目を床の間に向ける。

「昨日、電話で話したときに直感したわ。ああ、この人、またあの女と会っているのねって」

茶室の雰囲気と相まって、なんとも寂しげだった。秀次の中では納得よりも、不可解さのほうが却って増していた。茶室の中で眠るなんてありえない。スマートフォンを茶室に持ち込むのも言語道断——それならなおさら、すぐにばれるような嘘をついたことがおかしくないだろうか。

「美山先生、どうして武司さんと結婚したデスカ？」

ケビンが突然、訊ねた。

「向こうのお父さんが私のことを気に入ってくれたのよ。私も知らない相手じゃなかったし、父も母も武司さんならってことだったから。でもすぐにそりが合わなくなった。継いだ古道具屋の経営がうまくいかないストレスもあったんでしょう、浮気をされてしまったわ」

「武司さん、優しくなかったデスネ。さっきの、敬助さん、先生のこと心配してくれマシタ。あの人ならいいじゃないデスカ」

香枝はふふと笑った。

「彼は幼馴染だから、そういうふうには見ることができないわ。それに、父が反対するでしょう」

「どうして？」

「お茶の作法が全然だもの。長い付き合いだから、そういうのは全部わかってる」

茶道の家というのは結婚するにもいろいろ大変なのだろう。

「ヒデ、ケビン、もういいでしょ、出よう」

香枝の心中を気遣ってか、理沙が言った。率先して躙り口に這いより、尻を支点としてくるりと足を外に出した。昨日も体験したが、この小さな出入り口は出るのにコツがいるのだ。秀次も気を付けながら足を出し、理沙がそろえてくれた靴を履く。

茶室から出るときは、先に出た者が次に出る者の履物をそろえるのが作法だ。ケビンのスニーカーをそろえたが、なかなか出てくる様子がない。

「……炉は、寒い季節はお湯を沸かすとともに、お客様に暖を取ってもらうために中央にあるの」

またケビンが何かを質問したらしく、中で香枝は丁寧に答えていた。

「でももう五月になりマス。寒い季節、終わりマス」

「そうね。新しい茶葉を摘み終わって、茶壺《ちゃつぼ》にいれて封をするのが、ちょうど今の、四月の終わりか五月の初めごろなんだけど、それを境目として茶室では炉を閉じて、風炉に変えるわ」

「ハイッ？」

ケビンが頓狂な声を出す。

「美山先生、茶室の中に『フロ』という道具、ありマスカ？」

「そうよ。五月から十月にかけての暑い季節は、お客様の近くに切ってある炉を閉じるわ。ちょうど畳で蓋をするみたいにね。でもそれだとお湯を沸かせないから、代わりに畳の上で炭を焚《た》く道具を茶室に入れて、できるだけお客様から遠い奥に置いて使うの。その道具を『風炉』というのよ」

ケビンが何に反応しているのか、秀次にもわかった。昨日、武司が電話で言っていた「フロも入ってるし間違いない」というセリフのことだ。

「フロ、どこにありマス？　見たいデス」

「水屋にあるわ」

二人も茶室から出てきた。香枝は、茶室のすぐ脇にあった物置のような建物の扉を開く。中には陶器、木の箱、掛け軸、その他わからない道具がたくさん並んでいる。

「Ｗｏｗ……これはスゴイ。フロ、どれデスカ」

「これよ。今年も、そろそろこれに切り替えようとしているはずよ」

ということは昨日はこの茶室にはなかった。やはり、武司が茶室で目覚めたというのは嘘だったのだろうか。

「美山先生。今、普通にこの戸を開けましたけど、鍵、かけてないんですか？」

心配そうに理沙が訊ねる。

「ここにあるのは父のお気に入りだけれど、あまり高価なものはないの。特別なお客様を招いてお茶を点てるときの道具は、家の中にあるわ」

「What?」

ケビンが反応する。

「じゃあ、フロも持ち出せマス？」

「ええ、そうね」

「Hmmm...」唸《うな》りながらケビンは、茶室のほうへ戻っていく。そして躙り口に手をかけ、丹念に調べたかと思うと――、

「What a Japanese! CHA!」

天を向いて両手を広げた。

「あな興趣《きようしゆ》ナリ、和の心。ダディ、マミィ、ぼくは今、あこがれの国、日本にイマス！」

「でた」

秀次の心の中に、先を越された、という感情が芽生えていた。こいつ、同じものを見ていたのに、もう事件の全容がわかったというのか。

ケビンは茶室の壁に手をやってぶつぶつ言っている。

「すべては、茶室という建物がこんなにコンパクトであることがポイントだったんデス」

どういうことだ? コンパクト?

ケビンはくるりと、驚いている香枝のほうを振り向いた。

「美山先生、敬助さんが勤めている劇団、近くデスネ。その場所を、教えてクダサイ」

五

灰色の四階建てのビル。二階の窓のガラスに大きく《あさり冥利》と書かれている。

「どういう意味よ、《あさり冥利》って」

秀次の横でサングラス越しにその窓を見上げるのは、田中撫子刑事だ。

「『あさり冥利に尽きる』っていうことじゃないですかね」浦辺が言った。

「だからそれがどういう意味かって聞いてんの!」

「早く行くぞ」

意味のない会話を断ち切り、秀次は促す。サングラスを頭に上げ、田中刑事は不機嫌そうだ。

「長瀬君、たしかな情報なんでしょうね。この、警視庁一スマートでクールビューティーな刑事を呼び出しといて、やっぱり間違いでした、じゃ、済まないわよ」

秀次たちが美山香枝の家で茶道具や茶室を見せてもらっているあいだ、二人の刑事はお台場へ出向いて聞き込み捜査をしていたようだ。だが、容疑者の袖沼真季がレストランを抜け出して美山武司を殺害したことを裏付ける目撃証言はなかった。むしろ、そのテラス席は別の店からよく見える位置にあり、「この人は午後一時から午後十一時までのあいだ、ずっと席にいましたよ」という期待していない証言が得られてしまったらしい。死体発見現場から五百メートルと離れていない位置にいながら、袖沼真季のアリバイは成立してしまったことになる。

悩んでいる田中刑事のところに、所轄の湾岸署から報告が入った。美山武司の遺体から即効性の強い睡眠薬の成分が検出され、血中濃度から死ぬ三〜四時間前に摂取されたことが推定されるというのだ。これがまた、田中刑事を悩ませた。武司が香枝の電話に出たのは、睡眠薬を飲んで少し眠ったあとということになる。袖沼が不倫デート中に睡眠薬を飲ませ、眠ったところを殺害するという計画はじゅうぶんありうるが、殺害せずに放っておいて、結局香枝からの電話で目覚めさせてしまったというのはどうも不自然だし、いずれにせよアリバイの点で引っかかる。

湾岸署の刑事はさらに、深川の武司と香枝の自宅の台所からオレンジジュースが消えていることを報告し、このジュースに何者かが睡眠薬を混入させたうえで、武司が飲んで眠ったあとに捨てたのではないかとも言った。もしそうなら一番怪しいのは当然、同じ家に住んでいる香枝だが、彼女にもアリバイがある。簡単だと思っていた事件の捜査は、難航してしまった。

そういうわけで、秀次が電話をしたとき、田中刑事は不機嫌だったが、「ケビンが何か気づいたぞ」と告げると、すぐに深川に飛んできた。

ちなみに田中刑事が来ると知った理沙は「じゃあ私は、博物館に行って別の茶碗を見てくるね」と、去ってしまった。以前、別の事件で嫌な思いをさせられた田中刑事が苦手なのだろうと秀次は思っている。

ともあれ、やってきた二人の刑事に、ケビンは自分の推理を披露した。秀次はそこで初めてケビンの推理を聞いたのだが、それはにわかには信じられない内容だった。田中刑事も信じられない様子だったが、裏付け捜査をしてやってくれと秀次が頼むと、

「まあ、とにかく聴取だけでもしてやるわよ」

と、二人とともにこの劇団までやってきたのだ。

劇団の一階はガレージになっており、その奥に「大道具」と札のある鉄のドアがあった。開くと、ほこり臭い空間の中にまず見えたのは、巨大な簀《す》の子のようなものが積まれた光景だった。その奥に、背景の描かれた板が重ねて立てかけられている。

「書き割りですね」

訳知り顔の浦辺を無視し、田中刑事は奥へと進んでいく。きょろきょろするケビンの背中を押し、秀次も後を追う。

張りぼての灯籠と積み上げられた天水桶《てんすいおけ》を左に曲がったところが、少しだけ広くあけられたスペースになっていた。桃井《ももい》敬助は、そこに一人でいた。美山香枝の家に現れたときと同じ作業着姿で、木材からかすがいを引っこ抜いているところだった。

「ん？　お前たちは香枝の家にいた……」

「さっきはどうも」

「なんだその二人は」

「田中撫子よ」そばにあった背の高い地蔵の頭に肘を乗せ、ポーズをとって自己紹介をする。

「スーパーモデルに見えるだろうけれど、警視庁捜査一課の刑事。ちなみにロサンゼルス帰り」

「壊れる。触らないでくれ」

敬助はそれだけ言って、再びかすがいと格闘を始める。田中刑事は地蔵から肘を下ろした。

「美山武司さんをご存じね？　昨日、他殺体となってお台場の海で発見されたわ」

「ああ……香枝から聞いた」

「武司さんとあなたはどういう関係？」

「どういう関係でもない。幼馴染の香枝の夫というだけだ」

「一昨日、一緒に飲みに行ったそうだけど」

「知らない間柄じゃない。それだけだ」

敬助は手元から目を離さない。

「香枝さんとは、単なる幼馴染？　家にもよく出入りしているそうね」

「古い家だからあちこちガタがきてるんだ。俺はこういう仕事をしているから直してやる。それ以上のことはない」

「オレンジジュースのことは知ってる？」

敬助は一瞬手を止めた。田中刑事は続ける。

「武司さんが毎朝起きたらすぐ飲むオレンジジュースがあるんだけど、それがパックごと冷蔵庫から消えているの。ひょっとしたらそれに睡眠薬が入っていたんじゃないかって」

「さあな」

「そう。関係者全員のことを報告書に書かなきゃいけないから、気を悪くせず答えてね。昨日の午後二時から三時のあいだ、どこに？」

「ここだよ。次の公演の大道具を作っていた」

「証明できる人は？」

「昨日は一人だったからいないな」

劇団の事務所や稽古場は二階と三階にあり、事務員も他の劇団員も、普段はこの部屋には入ってこないという。

「これ、ナンデスカ？」

ケビンがどこかから何かを担いでやってきた。棒の前後に桶がぶら下げられたものだ。敬助はすぐにそれを奪い取る。

「棒手振《ぼてふ》りの道具だ。触らないでくれ」

「ボテフリ？」

「この桶に魚や野菜を入れて売り歩くんだよ」秀次は説明してやった。棒手振りという言葉は初耳だが、時代劇で見たことがある。

「オー、ソウデスカ。向こうに、青物屋のセット、ありマシタ。敬助さん、あれ全部、舞台の上に組み立てマス？」

「大道具というのは、そういう仕事だ。大きな舞台だと、二階建ての家を丸々組み立てることだってある」

秀次はちらりと田中刑事を見た。田中刑事のほうもこちらを見て意味ありげにうなずいている。

「マルデ大工さんのようデス」

その言葉に、ぴくりと敬助は反応する。

「仕事の邪魔だ。そろそろ帰ってくれ」

「こっちもよ。ただ、話すことが出来たら、また来るわ」

くるりと踵《きびす》を返す田中刑事。最後にぽんぽんと地蔵の頭をたたき、出入り口へと向かった。

「ケビンの推理、当たってそうだったな」

ガレージに戻るなり、秀次は言った。

「まあ、もう少し調べてやってもいいわ」

田中刑事はあくまで高飛車な態度を貫いている。

六

四人で十分ほど歩き、隅田川沿いの釣り具屋《はまとう》に着いた。漁船と呼ぶには少し小さいサイズの船が三艘《そう》、つないである。釣り船もやっているのだ。

開かれた引き戸の中は狭かった。向かって右側には釣り竿がずらりと並び、左側は糸や針、浮きといった釣り道具がぶら下がっている。奥の薄汚い木の台の向こうで、六十代そこそこの男性が雑誌を読んでいた。

「ちょっといいかしら？」

田中刑事の高圧的な呼びかけに、男性は顔を上げた。

「なんだい？　船なら前日までに予約入れてもらわなきゃ、出せないよ」

「お客じゃないのよ。浦辺」

「はい。私たち、こういう者です」

浦辺の出した警察手帳を見て、店主は怪訝《けげん》な表情を見せた。

「桃井敬助さんのお宅はこちらでいいのね？」

「ああ……敬助は俺の息子だ。女房が死んでから二人で暮らしてる。ひょっとして香枝ちゃんの旦那さんの事件か？」

「話が早いわね。関係者全員に話を聞いているの。あなたのお名前は？」

「桃井市太郎《いちたろう》」

「市太郎さん。昨日の午後二時から三時のあいだ、どちらに？」

「山梨の渓流で釣りをしてた」

「山梨？」

田中刑事の眉間にしわが寄る。

「ああ。一昨日、敬助のやつが急に『舞台の方が暇になって店番をする時間ができたから、泊まりがけで釣りにでも行って来たらどうだ』なんて言いやがった。まあ、最近行けてなかったのは事実だし、向こうに住んでる仲間に連絡したらちょうど暇だっていうから、甘えることにしてよ。それでも、日帰りにしたけどな」

「何時から何時のあいだ？」

「朝の六時にこっちを出て、向こうで晩飯を食ってきたから、帰ってきたのは夜の十一時をすぎていたかな」

「敬助さんに店を任せて泊まりがけで外出するのは、よくあることなの？」

「ちょいちょい。だが、あいつのほうから釣りに行ってこいだなんて言ってきたのは初めてだ。まあ、口下手なやつだしな」

「昨日は、船の予約はなかったのね？」

「あったら敬助に店番は任せてねえよ」

聞けば聞くほどケビンの推理が正しいことを裏付けているように、秀次には感じられた。そのケビンは、

「ぼく、船、見タイ！」

また子どものようにはしゃいでいる。

「私も見たいわ」

「なんだ？　釣りに興味があんのか？」

「いいえ。タイタニック号の乗客の気分を味わいたいだけよ」

「豪華客船か、こりゃいいな。こっちにこい」

田中刑事の雑なごまかしに、市太郎は上機嫌になる。

「タイタニックは沈没シマシタ」

余計なことを言い出すケビンの口を塞ぎ、秀次は二人の刑事と共に彼についていく。

——証拠は、すぐに見つかった。

七

午後七時をすぎ、湾岸署取調室の中の空気は煮詰まっていた。秀次はマジックミラ

ー越しにその光景を眺めている。

向かって左側、入り口に近いほうの椅子に座っているのは田中撫子刑事。耳にイヤホンをつけて、スマートフォンから流れる音楽に合わせて体を揺らしている。相変わらず、刑事らしくない態度だ。向かいに座らされているのは桃井敬助。深川の劇団事務所から任意同行を求められてこの部屋に入ったのはかれこれ二時間も前になるだろうか。何も話さず音楽を聴き続けている田中刑事に、いらいらしているはずだった。

ケビンの推理はきっと正しいだろう。このアメリカ人留学生はただ日本文化が好きなだけではなく、謎に対する鋭い洞察力がある。ただ――と、秀次の脳の別の部分はまだ納得がいっていない。何か、隠された真相がもう一つある気がするのだ。

「Hmmm...」

秀次の横でケビンが唸っている。『禅の言葉』なる難しい本を読んでいる。

「茶道の心、禅の心。でも、ぼくにはまだ理解デキナイコト、たくさんアリマス」

ケビンは本を閉じ、秀次に差し出してくる。何気なく受け取り、ぱらぱらとページをめくった。茶道の掛け軸に使われる文言が一ページに一つずつ書かれ、解説が記されているのだった。禅の言葉なんて俺にも……と、ある言葉のところで手が止まった。

『花知一様春』――はなしるいちようのはる
とたんに、耳に武司の声がよみがえる。電話越しに彼が言っていたのは、この言葉ではなかったか。そして、その言葉の意味を見た瞬間、秀次は目を細めた。

どういうことだ？

頭の中で整理がつく前に、ドアが開いた。数人の刑事とともに浦辺が入ってきた。秀次たちのほうを見て、軽くうなずく。……証拠が、見つかったようだ。

浦辺は取調室のドアをノックし、中へ入っていった。それを見て田中刑事はまるでハリウッドセレブのようにゆったりとしたしぐさでイヤホンを外す。浦辺から書類を受け取り、台本でも読むようにたっぷり五分ぐらいかけてそれを確認し、敬助の顔を見た。

「お待たせ」

「なんだよ」

「始めましょう。そうね、まずあなたが美山香枝さんに思いを寄せていた件から」

「なっ、何を……」

「わかりやすい人ね。子どもの頃からあなたが香枝さんに好意を寄せていたのは公然の秘密だったそうじゃない。昔のクラスメイトが口をそろえて証言しているわ」

浦辺の報告書の一部を、机に広げて見せる田中刑事。

「あなたが香枝さんにプロポーズをしたという話もここに。だけどお茶の作法がからっきしダメで、香枝さんのお父さんに反対された。おそらくは香枝さん自身の気持ちもあなたに向いていなかったのでしょう」

「あっ……あんたに、何がわかるんだ」

「そんなあなたを尻目に、香枝さんは古道具屋の息子の武司さんと結婚《ゴールイン》。ところが武司さんはすぐに浮気をした。二人が離婚すればいいとあなたは思っていたでしょうけど、残念ながら二人は復縁。あなたの落胆はやがて、香枝さんを傷つけた武司さんへの殺意へと変わった。武司さんがいなくなれば再び自分にチャンスが巡ってくると思ったのかもしれないわね」

「何を、勝手なことを……」

「あなたは密《ひそ》かに武司さんを亡き者にし、その罪を浮気相手の真季さんに着せる計画を練った。とんでもなく奇抜で、とんでもなく準備のいる計画をね」

「黙れ」

敬助の発言をことごとく無視し、田中刑事は続ける。

「いったいいつから計画していたのかわからないけれど、チャンスの到来を信じて綿密に準備していたのでしょう。結婚は認められなくとも、家の修繕や庭の手入れを手伝っていたあなたはあの家にほぼ自由に出入りが可能だから、探りを入れることは容易だった。チャンスが回ってきたとあなたが感じたのは一昨日、四月二十七日のことよ。武司さんの実家の古道具屋に眠っている貴重な茶碗を、香枝さんが学生に見せると聞いた。あなたは市太郎さんに二十八日に山梨に渓流釣りに行くように勧めると、武司さんの浮気相手の真季さんに武司さんを装って二十八日にお台場の店へ来るようにメールを打った。彼女の連絡先は、勤めている歯科医院の関係者から聞き出したのでしょう。こうしておいてあなたは、武司さんを飲みに誘ったの」

敬助はもう口をはさまず、だが、今にも襲い掛かりそうな顔で田中刑事を見ている。田中刑事は少しも怯《ひる》まず、わざとと思えるほど大げさに立ち上がった。

「行きましょう」

「なんだと?」怯んだのは、敬助のほうだった。

「駐車場に、準備してあるそうだから」

秀次たちのそばで見ていた刑事たちが取調室に入っていき、敬助を立たせた。颯爽《さっそう》と取調室を出てきた田中刑事は秀次たちを見て、

「あんたたちにも見せてあげるから来なさい」

と顎をしゃくる。……相変わらず、何もかも自分が推理したような態度だ。

「真季さんが武司さんを殺したように見せかけるのに、いちばん苦労したのは、武司さんの態度だったはずよ」

駐車場に向かう途中、なおも田中刑事は敬助に話しかけていた。

「真季さんに会わないばかりか、密会を重ねていたお台場に二度と足を運ばないとい

う誓いを、武司さんは頑なに守り続けていた。だから逆に、武司さんが死の直前にお台場にいた証拠が残っていれば、浮気相手と会っているあいだに殺されたと見られるはずだとあなたは思ったのでしょう。そこであなたが考えたのが、電話の通話記録よ。約束の時間に茶碗を持って来なければ、香枝さんが武司さんに電話をするのは間違いない。その着信をお台場で受け、そこで武司さんが何かごまかすようなことを口走れば、浮気をしているように見えるものね」

敬助は次第にそわそわしはじめた。秀次たちの周囲はいつの間にか多くの刑事たちが囲んでおり、出入り口から外に出た時にはまるで神輿《みこし》でも担いでいるかというような状態だった。

建物の裏に回ると、そこが駐車場だった。車の停められていないスペースに、粗末なベニヤ板で作られた、大きな箱状のものがある。それを見た瞬間、

「まさか……」

敬助が口走った。

「本当に正直な人。そうよ。劇団の大道具倉庫から探してきて、所轄の刑事たちが組み立てたの。ゴミの業者が回収に来るの、来週なんですってね」

「Great!」

田中刑事が得意げにまくしたてるそばから、ケビンが走り出した。周囲にいる警官

たちのあいだを抜け、ベニヤ板の壁に取り付けられている小さな引き戸を開け、中に半身を突っ込む。

「なんてスバラシイ……美山先生のお宅の茶室にそっくりデス！」

「あっ、こら！」

靴を脱いで上がりこもうとするその外国人青年を、周りの刑事たちが止めようとするが、

「いいの、入れさせてあげて」

田中刑事はケビンのするままにさせるばかりか、秀次のほうを見て「長瀬君、あなたも入りなさい」と命じた。

「どうしてだよ」

「生意気だからよ」

意味がわからない――スニーカーを脱ぎつつ、引き戸の周囲を見る。引き戸の四隅にセロテープで糸が張られているのに秀次は気づいた。これか……と糸を追って引き戸の上を見ると、最上部に滑車が取り付けられている。

頭をぶつけないように気を付けながら中に入る。照明がないので暗いが、ケビンはそこに置いてあったらしき懐中電灯で室内を照らしていた。土壁の感じや、床の間に使われている木材など、たしかに美山家の茶室にそっくりだった。多少違っても、薄

暗ければわからないだろう。

「あなたは大道具の技術を生かし、美山家の茶室を忠実に再現したのよ」

外で田中刑事がしゃべっているのが聞こえてくる。

「家一軒まるごと舞台に再現できるあなたのことだわ、簡素でコンパクトな茶室なんてお手の物。……ケビン、長瀬君、実際に美山家で見た茶室と違うところはない？」

「アリマス。炉が切られてないデス」

ケビンがすぐさま答えた。たしかに、畳の炉の部分は閉じられている。外からは再び、田中刑事の声。

「敬助さん、あなたも子どもの頃に茶道をかじっていたから知っているわね。『炉』というのは、茶室の畳の一部を切り取って作る湯沸かし用の設備。作るには当然、床を一段低く作らなければならない。この作業はあなたにとって手間だった。なぜならあなたはこの茶室を、ある場所に設置しなきゃいけなかったから」

田中刑事はたっぷり間を取った。

「釣り船の屋根の上よ。ちなみに、ベニヤの木くずや、特殊な接着技術で何かを取り付けた跡は、あなたのお父さんの釣り船の屋根から鑑識がもう見つけているわ」

勝ち誇った彼女の顔が暗い茶室の中からでも見えるようだ。本当に毎度毎度、よくもまあこうやって他人の導き出した真相を得意げに語れるものだ。

「昨日のあなたの一連の行動の続きを言いましょう。まず、早朝に市太郎さんが山梨へ出発した直後、この茶室を釣り船の上に設置する。香枝さんが大学に出勤した時間を見計らって美山家に忍び込み、台所へ行く。冷蔵庫の中のオレンジジュースに睡眠薬を入れ、水屋へ行き、風炉と掛け軸を取り出した。——知ってるわね？　風炉というのは、炉を切っていない茶室で使う、簡易的な湯沸かしの道具よ」

『フロも入ってるし間違いない』……あの武司の言葉が、茶室に風炉があることを示していたのは明らかだ。だから、深山家の茶室ではない別の茶室で香枝からの電話を受けたということには秀次も気づいた。だが、それがなぜ台場なのか、皆目見当がつかなかった。ケビンは、その茶室には床下がなく、遺体が海で発見されたという根拠から、船上に組み立てられた偽の茶室であることまで瞬時に見抜いたのだ。こういうところは本当に鋭いと、素直に感心する。

パクリ推理をまったく気にしない田中刑事は、話を続けている。

「風炉と掛け軸を偽の茶室に持って行ってセットしたあなたは、昼すぎに再び美山家へ行った。目論見《もくろみ》通りオレンジジュースを飲んで台所で倒れていた武司さんを運び出し、偽の茶室の中に寝かせておく。スマートフォンをその頭のそばに置き、偽の茶室を出て、躙り口を閉める」

言いながら、田中刑事は実際にその小さなベニヤの引き戸を閉めた。秀次はケビンと二人、茶室の中に閉じ込められた。薄い壁の向こうから、田中刑事の声は聞こえ続けている。

「船を動かし、隅田川を南下し、お台場の海上であなたは待機した。これで、武司さんは香枝さんからの電話を台場一丁目付近で取ったという通話記録が残るわ」

茶室全体がぐらぐら揺れているみたいだ——電話で武司はそんなことを言っていた。あれは実際に、船が揺れていたのだ。強い睡眠薬を飲ませたのは、それに気づかせない意味もあったのだろう。

「香枝さんとの通話を終えた後、なぜ自分が茶室に寝ているのかわからなかった武司さんは混乱しつつ、茶室を出るべく躙り口を開ける。長瀬君！」

こんこんと引き戸が叩かれる。秀次は引き戸を開けた。田中刑事をはじめ、多くの刑事たちに囲まれた青白い顔の敬助が見える。

「びっくりしたでしょうね。自分の家の庭が見えるかと思ったら、レインボーブリッジが見えたわけだから。どういうことかと恐る恐る首を出して左右を見ようとしたはずよ」

秀次は言われたとおり、茶室から首だけを出した。とたんに、

「オグエッ！」

首が絞められた。偽茶室の偽躙り口の周囲に張られていた糸が、首を絞めつけてい

るのだった。糸の端を持っているのは、田中刑事だ。くそっ、わかっていたのに……。

「糸は一度上へ延び、滑車を通してあるわ」

田中刑事が糸の端を持ち、ニヤつきながらぐいぐい引っ張っている。

「ぐえっ、や、やめろ……」

「生意気なのよ、あなた」

「やめろって！」

ぱっと田中刑事は糸を離す。秀次は首の糸を急いで取り外し、文句を言ってやろうとすぐさま尻を支点に体を回転させ、外に出ようとして――、

「いてっ！」

また頭をぶつけた。

「くぅーっ！」

頭を押さえ、外に出て、靴も履かないままその場にしゃがみこむ。

「こうして武司さんを殺したあなたは、遺体を海に投げ込んだのね。そこも再現しようか、長瀬君？」

「あんた、ホントに性格悪いな」

「ありがとう」くるりと体を翻し、田中刑事は敬助のほうを向いた。

「深川へ戻ったあなたは、急いで茶室を解体し、劇団の大道具倉庫に隠した。風炉と

掛け軸を水屋に戻せば計画は終了。茶室のセットは来週の回収で持っていってもらうつもりだったのね」

「お、俺は、何も……」

「知らないって？　それは通らないわよ。この引き戸には武司さんの毛髪が二本、残されていた。もちろん、あなたの指紋が何千個も検出されているわ。お父さんの船の屋根からこのベニヤの木くずや何かを設置した跡も見つかっている。あなたにはアリバイもない。まだ続ける？」

「う、う……」

痛む頭を押さえながら、秀次は敬助の表情を盗み見る。

「うわああっ！」

激高して田中刑事に殴りかかろうとする敬助を、浦辺が止めた。周囲の刑事たちが敬助を取り押さえる。

まだしゃがみこんでいる秀次の前で、犯人は、逮捕された。

「江戸湾に浮カブ、移動式茶室……」ケビンは満足げに照明の瞬くレインボーブリッジを眺めている。

「これぞまさに、和の心デス」

そんな和の心があるか！　それに……まだ、確認しなきゃいけないことがあるぞ。

秀次は友人の顔を見ながら、そう思っていた。

花知一様春——もう一つの真相が、秀次の中でようやく形になっていた。

八

大悠院女子大学の茶室は、天井の照明が灯《とも》っていて明るい。やっぱりこっちのほうが床の間の掛け軸は見やすい。今日の掛け軸は「一期一会」と、秀次にも読みやすい字で書かれたものだった。

先日来たときとは違い、炉には畳で蓋がされており、代わりに部屋の奥に設置された風炉に茶釜が載せられている。美山香枝はその茶釜から柄杓で湯を掬《すく》い取り、緑色の茶碗の中に注いだ。柄杓を戻し、茶筅《ちゃせん》を取り、かき回しはじめる。

「風炉を入れたんですね」

秀次が言うと、香枝は手を止めた。

「亭主がお茶を点てているときは、話しかけないものよ」

「すみません」

「……まあいいわ。昨日も話したとおり、炉から風炉に移行するのは四月の末から五月の初めにかけて。今日は四月の最後の日だし、長瀬君が来たいと言うからいい機会と思ってね。はい、どうぞ」

差し出された茶碗を、秀次はすり寄って近づき、自分の近くへ取り込んだ。今日はケビンも理沙もおいて一人で来ているので、次客に「お先に」と断る必要はない。右手で茶碗を取って左手を添え、掲げて一礼し、百八十度回す。三口半で飲み切り、茶碗を正面に戻して、畳に置く。

「ごちそうさまでした」

「上手になったわね」

「ケビンに鍛えられたんで」

香枝は微笑むと「それで？」と訊ねた。

「何か話したいことがあって来たんじゃないの？」

秀次は、居ずまいを正した。

「事件のことです」

予想していただろうが、香枝の眉がぴくりと動いた。

「田中さんに聞いたわ。敬助が犯人だったのね。うちの茶室をコピーして、釣り船の上に載せ、気を失っている夫を運んだんですって？　茶道の考えでは絶対に思いつかないやり方よ。こんな方法を看破するなんて、ケビンはやっぱりアメリカ人ね」

「俺もそう思います。でも、美山先生はもっと早く気づいていたんじゃないですか？

敬助さんが犯人だということに」

「もっと早くって、いつ？」

「武司さんと電話で話したときです」

香枝は口を結んで秀次の顔を見つめた。何かを隠すような笑みを浮かべる。

「忘れたの長瀬君？　私はそもそも、夫が茶室にいること自体が嘘だと思っていたのよ。まさか、気を失わされて運び込まれたなんて思わない。まだ炉を閉じていないのに『風炉も入ってる』なんて言ってたこともそう思わせた理由だわ」

「たしかに、茶道に親しんでいる武司さんなら、この季節に風炉を導入することは知っていたでしょうから、そういう嘘を言ってもおかしくない。でも、掛け軸のことはどうですか」

秀次はポロシャツの胸ポケットから二枚のメモ用紙を取り出し、空の茶碗の脇に置いた。『花知一様春』『柳緑花紅』とそれぞれ書いてある。

「電話で武司さんが『なんなんだ』と言っていたのはこっち、『花知一様春』です。だけど昨日深川のお宅の茶室の床の間にあったのはこれ、『柳緑花紅』」

「一致していないわね。だから夫がでたらめを言ったのかと……」

「それはありえません。ケビンが持っていた本で見たんですよ。花は春になれば一様に咲き乱れ、自らそこに無心でいることでありのままの心境になれる。『花知一様春』は、そんな意味の禅の言葉だそうですね。この言葉が茶室に掛けられるのは花の咲きはじめる二月前後のことです」

秀次はまっすぐ、香枝の顔を見る。

「武司さんの『なんなんだ』という言葉は『なんでこんな季節外れの掛け軸が掛かってるんだ』という意味だったんです。炉が切ってあるはずの茶室に風炉が入っていて、しかも季節外れの掛け軸が掛かっている。美山先生は武司さんの言葉から得た二つの手がかりからすべてを悟った。武司さんが、茶道の心得のない人間が作った偽の茶室で目が覚めたのだと。そんな茶室を作れるのは一人しかいない。その人物が何を企《たくら》んでいるのかもすぐにわかったはずです」

あの時点で『気を付けて』とでも声をかければ、武司さんは警戒して命を落とすことはなかったかもしれない。——その言葉は、飲み込んだ。

「もういいわ」

香枝の表情が冷たくなっている。

「長瀬君。悪いけど、もう帰ってくださる？」

「正客が終わりを告げるまで、亭主は茶を点て続けなきゃいけないんじゃないですか」

用意していた言葉だった。

「もう一服、点てていただけますか」

　香枝は何も言わなかったが、表情が和らいだ。茶碗を引き上げるそのしぐさから、秀次のことを受け入れる姿勢が見て取れた。柄杓いっぱいに茶釜の湯を掬い、茶碗の中に注ぎ、建水に捨てた。

　香枝が口を開くまで、もう何も言うまいと秀次は決めていた。沈黙を共有するのもまた、一期一会という精神のひとつなのかもしれない。やがて、ゆっくりと茶碗を拭きながら、香枝はつぶやいた。

「もう、疲れてしまったの」

「疲れた？」

　ええ、と香枝は答えた。

「初めて敬助に告白されたのは高校生の頃よ。断ったけどそのあとも何回も何回もアタックされつづけた。武司と結婚したのは、父に勧められたからというより、敬助に言い寄られなくなるだろうからという理由が強かったわ。それでも私のほうは次第に武司を思う気持ちが芽生えていったんだけど、逆に武司のほうが冷めていったのね。そしてついに、武司は浮気を……」

　言葉を詰まらせ、香枝は拭いた茶碗を風炉の向こうに片付ける。

「それを知った敬助は『お前の旦那を殺してやる』だなんて物騒なことを口走った。

私がそんな敬助に心を動かされることはまったくなかったわ。人の気持ちって難しいのよ。どうしても愛せない人には熱く愛されるのに、愛したいと思う人には裏切られる。心は乱れるばかり。……お茶は落ち着いた心で喫するのが一番だっていうのにね」

香枝は天井を見上げる。

「それで、すべてから逃げたくなってしまった。二人ともいなくなればと思った。電話で武司から掛け軸の文言を聞いたとき、『もしかして』とは思ったわ。でも、それだけ……それだけよ。まさか本当に、二人ともいなくなってしまうなんて」

唇をかみしめ、香枝はしばらく肩を震わせていた。何と声をかけていいかわからず、秀次はその姿を見つめるだけだ。

どれくらいそうしていたのだろう。時間の流れなど意味をなさない茶室の中で、香枝は落ち着きを取り戻し、干菓子を載せた器を秀次に差し出してきた。

「お菓子をどうぞ」

「頂戴いたします。……楊枝は」

「干菓子に楊枝は必要ないわ」

「あ、そうすか」

間抜けな言葉遣いを恥じながら、秀次は小さな干菓子を一つつまんで口に入れた。

上品な甘みが舌に溶けていく。

「長瀬君」

香枝が口を開く。

「今の話、長瀬君は田中刑事に話してしまうかしらね」

秀次は床の間に目をやった。掛け軸には「一期一会」の文字。

「茶も菓子もここでの話も、今日この日、一度限りってことで」

「ありがとう。今日ほど、日本人でよかったと思った日はないわ」

香枝の微笑みにはもう冷たさも動揺もなく、優雅さだけが漂っている。

そして香枝は風呂敷包みを解いた。あの、仁清とかいう高価な茶碗が出てきた。

「濃茶《こいちゃ》はこれで召し上がって」

「えっ！　でもそれ、百万円以上するんでしょ。そんなので、飲んでいいんですか」

「長瀬君は、基本的なことがわかっていないわね」

棗の蓋を開けながら、香枝は笑った。

「茶碗というのは、お茶を飲むために作られるものなのよ」

何百年か前に焼かれた茶碗の中で、茶筅が小気味よい音を立てる。これもまた、一期一会。ケビンに自慢できないのが残念なようにも、誇らしいようにも思えた。

第 4 話

SUKIYAKI

"Is this the usual preparation for an examination, Dr. Scott?" asked Eva tartly.
"What?"
"I mean – do you have a pool in your office, too? What do you do for a moon?"
"Oh," said Dr. Scott, a little blankly.
"I suppose," sighed Eva, wriggling her toes with pleasure, "this is what comes of eating *suki-yaki*, or whatever it is."

「これは、いつもなさる診察の下準備なのですか、先生」エヴァは皮肉をふくめてきいた。

「なんですか」

「あのう——あなたの診療所にも、お池がありますかって、おききしたのですわ。お月さまは、どうなさるの」

「おお」スコット医師は少しぽかんとしていった。

「きっと、これは」エヴァはため息をついて、つまさきをここちよくひねくりまわしながらいった。「スキヤキとかなんとか、そういったものを食べたせいですわ」


〈エラリー・クイーン『ニッポン樫鳥の謎』より〉

一

「ヒデ、ケビン」

長瀬秀次に川奈理沙が話しかけてきたのは、六月が始まってすぐの金曜日だった。

「ちょっとすき焼きについて相談に乗ってほしいことがあるんだけど」

時刻は昼休み、場所は精南大学の食堂だ。

「ぼく、すき焼き、大好きデス」

向かいで天ぷらそばを食べていたケビンがいち早く答えた。

「ありがと、ケビン」

理沙は二人のトレイの横にどさりと分厚い本を置いた。

「何やってんだよ、食事中だぜこっちは」

秀次の文句を無視し、理沙は付箋のついたページを開く。〝すき焼き〟の項だった。

「授業で、身近な食文化のルーツを探ることになって、すき焼きの発祥について発表した子がいたの。そもそも、『すき焼き』っていう名前はどこから来たのか」

「たしかに、不思議デス。たこ焼き、たこ入ってマス。鯛《たい》焼き、鯛の形してマス。すき焼き、すき、何デスカ？」

「それについて、ここに三つの説があるんだよね。その一、お肉を薄切りにした『すき身』からきているという説。その二、かつては杉の皮を使って焼いたから『杉焼』って言っていて、それが訛《なま》ったっていう説」

杉の皮でどうやって肉を焼くんだ？　と秀次は思ったが、その疑問をさしはさむ前に、「でも私はこの三つ目の説が正しいと思う」と理沙は言った。

「鋤《すき》を使って肉を焼いたから、『すき焼き』」

どうだと言わんばかりに、秀次を見つめる、黒目がちな瞳。

「なんだよ、『すき』って」

「田畑を耕すのに使う道具。江戸時代には、牛や馬に引っ張らせるための『からすき』っていう道具があったの」

理沙は一枚のクリアファイルを本の上に置く。農民が牛を使って田んぼを耕している絵が描かれていた。牛に木枠のような装置が装着され、耕すための農具が取り付けられている。

「これを綺麗に洗って磨いて、鍋というか鉄板のように使ってお肉を焼いたっていうんだよね」

「ふーん」

興味はなかったが、一応反応しておいてから、「で？」と理沙の顔を見返す。

「それが何なんだよ。俺たちは別にお前のすき焼きうんちくを聞きたいわけじゃない」

「ぼくは聞きたいデス」

ケビンがまた余計なことを言う。

「ありがと、ケビン。私、授業でけっこう強めにこの説を支持したの。そうしたら先生が、『では川奈さん、検証してきてください』って。実際に鋤を使ってすき焼きを作って食べてみて、そのレポートを来週の授業で提出しなさいってね」

「面白そうデスネ！」ケビンが喜ぶ。同時に秀次の中には嫌な予感が生まれた。

「でしょ？　でも私、困っちゃって。こういう鋤がどこで手に入るかわからないの。今はどこの農家でもトラクターを使うはずだから、作ってる工場なんてないだろうし……。それで思いついたのが、ヒデ、あんたの顔よ。幅広い顔ぶれの寮生を擁する《獅子辰寮》の代表なら、からすきが手に入る伝手《つて》もあるでしょ？」

「おいおい」

「お願いヒデ。どうにかして、からすきを見つけてきてくれない？　見つけてくれたら、食材の費用は全部私もちで、すき焼きをごちそうするから」

「いいかげんにしろ。こんな博物館級の鋤が手に入るわけ……」

「やりマショウ、ヒデさん！」ケビンが立ち上がった。「誰か、きっと、見つけてくれマス。すき！」

　そう簡単に見つかるもんか……とは思ったものの、ケビンがはしゃぐので、とりあえずその日の夜、寮の部屋を片っ端から開け、「からすきを見つけたやつは俺に言え、すきやき食い放題だ」とざっくり触れ回ったのだった。

　結果は驚くほど早く出た。

　次の日の夕方、大学が終わってケビンと共に寮に戻ると、出入り口を入ってすぐの共有スペースのソファーで、大坪大吾が待ち構えていたのだ。富山の造り酒屋の息子で、体重は九十キロはあろうという巨体だ。坊主頭で、ぬぼーっとしていて、酒は強いが成績はあまりよくない。いつもは一升瓶を載せているその膝の上に、新聞紙でくるまれた荷物があった。

「へっへー、お帰りなさーい、ヒデさん」

「なんだよ大吾、気持ち悪《わり》ぃな」

「見つけましたよ、これ」

　がさがさと新聞紙をはがす大吾。中から出てきたのは、理沙が見せたイラストに描かれていたからすきそのものだった。イラストでは牛に取り付けるための木の柄がついていたが、それは綺麗に取り払われ、平べったい金属の部分だけだった。

「去年偶然通りがかった大塚のガラクタ屋の店先にあったのを思い出したんです。そこのおやじに交渉したら、どうせゴミみたいなもんだからと三百円で譲ってくれました。これで、すき焼き食い放題ですね」

「オー、すばらしいネ、大吾さん！」

ケビンが両手を上げるアメリカ人リアクションを見せたかと思うと、からすきを両手で持ち上げた。

「これならすごく深く土を耕せマス。まさしく、日本の農民の精神。土の文化」

「おー、そうだよケビン、よい酒はよい米から。よい米はよい水とよい土から。これはすべての酒飲みに崇《あが》め奉られてしかるべき道具だね」

「待て待て」

興奮する二人のあいだに、秀次は割って入る。

「たしかに理沙が探してたからすきには間違いない。だが……錆《さ》びつきすぎじゃないか？」

以前、確実に使われていたものであろうそれは、全体が赤錆《あかさび》にまみれている。

「洗って磨いて使うって、理沙さん、言ってマシタ」

「こりゃ磨いても無理だろう。大吾、お前、これで焼いた肉を食う度胸、あるか？」

「えっへえ？」大吾は頓狂な声をあげる。「これで、肉を焼くんですか？」

そういえばざっくり触れ回っただけで、すき焼きのルーツうんぬんについては大吾に説明していないのだった。

「……まあいい。とにかく、理沙にはからすきが見つかったことは報告しておく」

二

翌日、土曜日。

《獅子辰寮》裏庭の薄汚れたテーブルの上には火のついたコンロ。その上に置かれて熱せられているのは——新品の園芸用スコップだった。

「そろそろいいかな、理沙さん」

平塚優作がたれのついた肉を菜箸でつまむ。熱くなったスコップの上に牛脂を転がしていた理沙は「うん、お願い」と答えた。優作は肉をスコップの上に載せる。

「じゅーっ、て感じにはならないなあ……」

大吾が言うと、理沙は「そうだね」と苦笑いをした。大吾が大塚のガラクタ屋から引き取ってきたからすきは、そばのベンチに横たわっている。

——大吾に加え、暇だった優作とムシオを引っ張り出して待ち合わせのスーパーへ行ったのは午前十一時のこと。

理沙のおごりで肉と野菜を買い込み、全員で寮へ来たまではよかったが、錆びに錆びたからすきを見て、理沙はやっぱり絶句した。

「やっぱりこんなんで料理するわけにはいかないよな」

苦笑いする秀次に、理沙の肘鉄が飛んできた。

「当たり前でしょ！」

「じゃあ、スコップにしますか」ムシオが苦笑した。「こないだ、寮長が新しいの買ってました。まだ使ってないはずです」

新品のスコップで料理をしているのはそういうわけだった。

「なあ理沙。やっぱりこんなんで美味《うま》いすき焼きなんてできるわけないだろ？　なんで江戸時代のやつらは肉専用の平たい鍋で食わなかったんだよ？」

「獣の肉を食べることが禁じられていたからよ。人々のあいだには『牛の肉を食べるなんて……』っていう感覚があったから、当然、それ専用の鍋なんてなかったの。だけど、肉食文化をもつ外国と交渉する人なんかは牛肉をもらう機会があってね、幕末に長崎にいた箕作阮甫《みつくりげんぼ》っていう役人が、牛肉を鋤で焼いて食べたって日記に書いてるんだよね。『すき焼き』っていう言葉は使ってないんだけど」

「なるほど。でも、鋤に由来するという説の裏付けに思えますすね」

ムシオが眼鏡をずりあげる。

「でもさ、それって幕府の役人っていう特殊な役にあった人なんだよねえ？」コップ酒を傾けながら、大吾が言った。「一般的なことを言えばやっぱり、明治になって広まった『牛鍋』がルーツってことになるんじゃないかなあ。それか案外、母国の似たような料理を伝えた人の名前が由来だったりして。シュキヤーキイ、みたいな」

「何人《なにじん》だよ、それ」

ツッコミ交じりに秀次が訊くと、大吾はすぐに答える。

「ロシア人です。アレクセイ・シュキヤーキィ。身長、二メートル十五センチ」

「でかっ！」優作が嬉しそうに笑った。「でも、ロシアは寒いからその説はありうるね。肉を薄く切って、浅い鍋で焼いて、ロシアの醤油《しょうゆ》みたいなもので味付けして……」

「すき焼きは絶対、日本の食べ物デス！」

ケビンが力強く口をはさんできた。

「あんなテイスト、日本人しか考えマセン。豆腐、白滝、春菊、みんな日本にしかナイ。アメリカ人にとってトキニ、寿司《すし》、天ぷら以上に日本料理デス」

「本当か？」

「ハイ。エラリー・クイーンの『The Door Between』にも出てきマス」

「ん？　誰だって？」

「エラリー・クイーンだよ。ヒデちゃん知らないの？」

優作が割り込んできた。すでにほろ酔いで頬が赤く、人を呼ぶのに「ちゃん付け」

になっている。

優作によれば、エラリー・クイーンは二十世紀に活躍したアメリカの推理作家らしい。本当はいとこ同士の二人組の共同ペンネームだが、同時期に活躍したアガサ・クリスティーやジョン・ディクスン・カーと並び称される大作家だそうだ。『ローマ帽子の謎』『フランス白粉《おしろい》の謎』などというタイトルに国名を使ったシリーズが有名で、日本文化にこだわり抜いて書かれた『ニッポン樫鳥《かしどり》の謎』という作品もある。

「この小説の中で、ある女性が運命の男性と出会った後、こういうセリフを言うシーンがありマス」

――きっとこれは、スキヤキとかなんとか、そういったものを食べたせいですわ
「……どういう意味だ？」

秀次は首をかしげる。すると優作がふふと笑った。

「もーう、女心がわかんないなヒデちゃんは。自分の気持ちに戸惑って、それをすき焼きのせいにしようとしてるんだよ。私がこんな変な言動をしてしまうのは、ビーフをスライスしてソイソースとシュガーで煮て、ロウ・エッグにびっちゃりダンクして食べるなんていう日本の妙な料理を食べたせいだわ――ってね」

「さすが優作さんデス」

ケビンが称賛した。

「二十世紀前半のアメリカ人にトッテ、すき焼きは不思議な国ニッポンの象徴だったんデス。でも、そんな『SUKIYAKI』のイメージをがらりと変える大きな出来事が、一九六〇年代になってありマシタ」

興奮は止まらないようだった。まだアメリカのすき焼きの話が続くのか……と、そのときだった。

「あの、すみません」

突然、聞きなれない女性の声がして、一同は一斉にそちらに視線をやる。

「精南大学の男子寮ってここでいいんですよね？」

表に出る小路のところに、茶髪でやせ型の女性が立っていた。年齢は秀次たちとほぼ同じだろう。手にはピンクのボストンバッグを提げ、同じ色のリュックサックを背負っている。化粧は少し濃いが、スタイルのいい美人だと秀次は思った。誰かの同級生だろうか？

「そうだけど……」秀次が答えると、彼女は「よかったー」と天を仰いだ。「私、方向音痴で、地図アプリを見ても道に迷うんですよ。あーよかった」

いったい誰なのだろう、と思っていると、

「朝穂《あさほ》……？」

秀次のすぐ脇に座っていた大吾がゆっくりと立ち上がった。

「おお、大吾！　久しぶり」

　彼女は片手をひらりと上げて微笑んだ。対する大吾の顔には、戸惑いが浮かんでいる。

「どなたですか、大吾さん？」

　ムシオの質問が聞こえないかのように、彼女をじっと眺めている。

「おい、大吾」秀次がその肩を叩くと、大吾ははっと我に返った。

「誰なんだよ」

「……俺の、元カノです」

三

「うーん。不味《まず》くはないけど……」

　高畑《たかはた》朝穂と名乗った彼女は、スコップの上で焼かれた肉を口に運び、顔をしかめた。

「うまくもないよね」

　優作の言葉に、朝穂は気まずそうな笑顔を浮かべてうなずいた。ムシオがコンロの火を覗く。

「火が弱いんじゃないですかね。昔の人、薪で容赦なくゴンゴン火を焚いたような気がするんです」

「それより、やっぱり調理器具の問題だろうね。やめよ、スコップ」

理沙が笑った。

コンロの上からスコップは取り外され、寮の台所から持ってきた浅い鍋が置かれた。肉も野菜もまだ大量に余っていて、すき焼きの仕切り直しとなった。

「しょせんスコップは穴を掘る道具だった。金属でできているとはいえ、熱伝導率なんて考えられてないから、鍋にはかなわないよ」

「理沙、お前、それを言ったら身も蓋もねえだろ」

秀次がうんざりした気持ちで言うと、

「フタ、アリマス」

ケビンが鍋の蓋をとりあげて差し出してくる。

「いや、そういうことじゃなくて……面倒くせえな。だいたい理沙、お前が言い出したんだろ、からすきですき焼きを作りたいって」

「だから、からすきでもできないことはないだろうけど、思ったよりよく焼けないってレポートに書くよ。現代の私たちは肉食が禁じられていないんだし、おいしいすき焼きを作ったほうがいいでしょ。せっかく飛び入り参加のゲストもきたんだし。ほら、朝穂ちゃんのコップが空」

朝穂のコップの中を見ると、さっき注いだばかりの酒がなくなっていた。富山出身の人間はどいつもこいつも酒が好きらしい。秀次は一升瓶のキャップを外し、彼女のコップに酒を注ぎ足す。

「ありがとうございます。長瀬さん、でしたっけ」

「ヒデでいいよ。みんな、そう呼んでる」

「ヒデさん。この中のリーダーとお見受けしますけど」

「そうそう。うちの頼れるリーダー」

秀次より先に優作が答える。

「やっぱり。大吾がお世話になっています。あの、お土産を差し上げますね」

朝穂は立ち上がり、長椅子に置いたピンクのボストンバッグのチャックを開け、細長い箱を取り出した。箱の中から出てきたのは一升瓶。ラベルには【白銀峡】とある。

「知る人ぞ知る銘酒です。もっぱら県内でのみ消費されていて、通のあいだでは『幻の日本酒』と呼ばれているとか」

知らない酒だったが、「幻」という響きには心を震わせられるものがある。秀次はこの茶髪の元カノに好感を抱きはじめていた。

ところが──、

「いいかげんにしろよ！」

大吾が声をはりあげた。珍しく間延びしない、ぴりっとした声色だった。

「なんだよ、急にやってきて、みんなと酒飲んで。俺たち、高校卒業をきっかけに別れたんだろ?」

秀次の知らない大吾がそこにはいた。

だいたい、このぬぼーっとした大男は、彼女がいるようなガラじゃないのだ。大吾がこんな美人と付き合っていたという事実が、さっきから秀次の胸中にざわめきを生んでいる。

酒が進んでいるのも、そのせいだ。

「まあまあ大吾ちゃん」優作がなだめはじめた。「せっかく富山から来てくれたのに、そんなにピリピリすることないでしょ」

「優作さんは黙っていてください」

ぴしゃりと大吾に言われ、優作は肩をすくめる。

気まずい沈黙。割り下の中で具材が煮える音だけが聞こえている。

朝穂は箸を置き、立ち上がる。

「すみません。大吾の言うとおりです。用件も言わず勝手に宴に入り込んで……、図々しいって昔から母にもよく怒られてきました」

頭を下げ、一同の顔を見回す。

「今回上京してきたのは、父を捜すためなんです」

「えっ？」大吾の顔色が変わった。

「私の両親は、私が中学生のときに離婚しました。『高畑』は母の名字です。父は田《た》元勢三《もとせいぞう》といいまして、田んぼの田に元気の元、勢いに数字の三……」

「おい朝穂。こっちで二人で話そう」

朝穂の手を引こうとする大吾を、「待てよ」と秀次は止めた。朝穂の態度に、どうも大吾と二人きりより、全員に話したがっているような雰囲気が見てとれたからだった。

「ここで話してもいいぜ。みんな、聞く準備はできてる。な？」

理沙を含め、みなは無言でうなずいた。

「ありがとうございます」

礼を言い、彼女が話したのは、次のような話だった。

朝穂の母の実家は、富山市内に数店舗のスーパーマーケットを経営していた。一人娘の母もその事業を継承する道を選び、婿入りさせる形で夫を迎えた。やがて朝穂が生まれ、祖父母は経営を引退し、夫婦は経営を引き継いだ。

代替わりしてから少しのあいだはうまくいっていたが、大手の同業者の戦略の前に経営は苦しくなり、夫婦は喧嘩が絶えなくなった。そして、朝穂が中学二年生になった春、二人は離婚したのだった。

「父は起業するんだと言って東京へ行きました。私を引き取った母は無理せずにできることだけに集中しようと、一店舗を残して他はすべて畳んだんです。経営は縮小しましたが、離婚前より生き生きと仕事をしていました」

「《マルシェたかはた》っていって、うちの高校界隈《かいわい》ではけっこう有名なスーパーなんですよ」

大吾が口添えした。朝穂は一瞬口元を緩めたが、すぐに厳しい顔になる。

「ところが半年前、母は急に体調を崩して入院して……すぐに退院できると思ったんですけど、思わしくない病状で……お医者さんが言うには、もって一年だろうと」

「えっ。おばさんが……？」

大吾が驚いた。

「そうなの」朝穂は目を伏せる。「店のほうは副店長や従業員さんたちに支えられてなんとか続けてる。でも、お母さんのほうがね。病気のこと、秘密にはしてるんだけど、自分の体のことだからわかるみたいなんだよね」心なしか縁の赤くなった目を、朝穂は空に向けた。「最近お見舞いに行くと、『お父さんに会いたい』ってしきりに言うんだ」

「それで、東京にお父さんを捜しにきたっていうわけね」

理沙が納得したように言った。コンロの火は止められておらず、器用に菜箸で白菜の位置を変えている。

「そうなんです。離婚してからはほとんど連絡を取り合っていなかったんですが、一度だけ東京の住所を知らせるはがきが届きました。その住所を訪ねてみたんですけど……」

朝穂はリュックサックのポケットから手帳を取り出し、しおり紐のはさまったページを開いた。覗き込むと、「八王子市 暁 町《あかつきちょう》五―六―六　ハイツてらしま二〇二号」と書かれていた。

「今朝早く上京して、ここに行ってみたら、若い夫婦が住んでいました。もう五年もそこに住んでいるそうで、前の住人については何も知らないと。他のお部屋の方も、父のことは覚えていても、どこへ行ったかは知らないということでした」

朝穂はため息をついた。

「私はそのまま富山に帰ろうと思いましたが、精南大学の男子寮に大吾がいることを思い出し、藁《わら》にも縋《すが》る思いで来たんです。他に、東京に知り合いもいないし」

「泣かせる話だよ、朝穂ちゃん」

優作は本当に、涙ぐんでいる。酒が入るとすぐに感情的になるのだった。

「大吾ちゃん、一緒に捜してやりなよ、朝穂ちゃんのお父さん」

「え……でも……」

「大吾さんだけジャ、ないデス」

ケビンだった。

「ここの寮生、ヒデさんをはじめ、みんないい人。ぼく、日本に留学、不安ダッタ。でもヒデさん、優作さん、ムシオ、大吾、みんなすぐにぼくと仲良くしてくれマシタ。困ったら助けてくれるのが日本人だと、教えてくれマシタ」

そしてアメリカ人留学生は、にこりと笑った。

「みんな、朝穂さんのお父さんを捜すの、手伝ってくれマス。同じスコップのお肉を食べた仲デス」

「そんなことわざはねえんだよ」

その肩を小突きながら、秀次はくすぐったいような温かいような感覚になった。

「いいです。悪いですから」

「人捜しは大勢でやったほうがいいに決まってる。ただ、今日はもう酒が入ってるからだめだ。明日の日曜、みんなで捜す。朝穂さん、まだ東京にいられるんだろ？」

「いられますけど」朝穂は困ったような顔になる。「宿泊場所が……」

「うちに泊まっていいよ」

すき焼きの具合を見ながら、理沙が言う。

「理沙さん……」

「どうせ一人暮らしだしね。はーい、各自、生卵を割ってくださーい。そろそろできるから、同じ鍋のすき焼き」

「そのことわざも違うんだよ。いつから寮生代表はツッコミ役になったんだ。正しくは、『同じ釜の飯を食う』だろ」

「あー、じゃあご飯も炊きますか」

すかさずムシオが口をはさんだ。

「そういうことを言ってるんじゃなくて……」

「炊飯器とお米、持ってきまーす」

台所へ向かっていく。

「みんな、いい人だね……」

朝穂が大吾にそう言うのを、秀次はどこか誇らしい気持ちで聞いた。

四

すき焼き宴会は、夕方まで続いた。

高校卒業後、すぐに母親の経営するスーパーマーケットを手伝いはじめたという朝穂の話はところどころ大人びていて、だらだらと、先の見えない学生生活を続けている秀次にとっては「俺より年下なのに……」と心が痛くなる部分も多かった。

だが朝穂は秀次のことを見下すような態度はみじんもなく、それればかりか「大吾がとてもいい人たちに囲まれて学生生活を送っているのを見て安心しました。ヒデさんがみなさんをまとめていらっしゃるからなんですよね」と、終始気分をよくさせてくれた。

普段、女子を交えて食事をすることがないこともあり、ずいぶんと華やかな宴席になり、あっという間に時間がすぎていった。優作など酒が弱いくせに無理して飲んで、四時半にはすっかりつぶれてしまったほどだった。

お開きになったのは六時すぎ。遊びやバイトから帰ってきた他の寮生たちが「女子と飲んでるんですか」と騒ぎはじめたからだった。

理沙は手際よく片づけを済ませると「明日、九時池袋駅中央改札口前集合ね」と言い残し、朝穂とともに《獅子辰寮》を去っていった。秀次はケビンと一緒に優作を部屋に運んでから自室へ戻ってきた。ムシオと大吾もだいぶ酒を飲んでいたので、部屋に帰って寝ているだろう。

「しかし大吾に、あんな彼女がいたなんてな」

二段ベッドの下段に仰向けになり、秀次は思わずそうつぶやいた。

「そうデスネ」

デスクでキーボードをカタカタやりながらケビンが答えた。

「お前、何やってんだよ」

「今日みたいに珍しいコトがあった日は、ダディにメールするんデス。よろこんでくれマス」

スコップですき焼きなんて、日本人でも珍しい経験だ。ダディもさぞびっくりするだろう。

そんなことよりも秀次には、無性に気になっていることがあった。

「おいケビン、お前、アメリカで恋人、いたのか？」

「いマシタ。いや、今も恋人デス」

「なんだと？　聞いてねえぞ」秀次は勢いよく半身を起こした。

「言ってないデス」

「写真は？」

「ありマス」

メール作業を中断し、ケビンはタブレットを操作して秀次に見せた。カフェのようなところでケビンと茶色い髪の女の子が寄り添って写っていた。

「可愛い子だな」

「イザベラといいマス。日本語、勉強していつか日本に来たいとも言ってマス。でもまだ迷ってマス。日本語、とても難しいネ」

寂しそうにケビンは息をつく。

「遠いところに離れてる、ときにとても切ないデス。ぼくは、ヒデさんが羨《うらや》ましい。いつも理沙さん、そばにいマス」

「はあ？　なんであいつが出てくるんだよ」

「理沙さん、恋人ではないデスカ」

「ないデス！」

「でも理沙さん、ヒデさんのこと想ってマス。いつもヒデさんのところにヤッテクル」

「あいつがおせっかいなだけだよ。お前、いい加減にしないとな……」

と、二段ベッドから出ようとしたとき、窓の外からものすごい水音がした。

「うおおおぉ！」

誰かの叫び声。慌ててケビンと二人で窓に駆け寄り、下を見る。

そこは、さっきまですき焼き宴会を開いていた裏庭だった。バケツを片手にした大吾がびしょぬれで頭を振っていた。

「大吾、お前、何やってんだ？」

「はっ。ヒデさん。ケビン。俺は……俺はだめなやつです」

「なにがだ？　いいからこっちに来い。体拭いてからだぞ」

一分もしないうちに、びしょぬれの大吾が二人の部屋にやってきた。

「体拭いてからだって言っただろ！　ケビン、タオルだ」

「Sure」

高級ホテルにありそうなバスタオルで全身を拭くと、大吾はまた「うおおおぉ」と叫んで床に突っ伏し、こぶしをがんがんと床に叩きつけた。誤って落とし穴にはまった熊が悔しがっているようだった。

「どうしたんだよ、大吾」

「……朝穂のことです」

そう言って大吾は顔を上げた。

「俺、あいつのことが、好きです。なんですかこの妙な気持ちは」

自分の顎がかくんと落ちて口がぱかりと開いたのが、秀次にはわかった。そのまま口がふさがらない。

「ミョーなこと、ないデス。もと、好きだから付き合ったデショ？」

ケビンが言うと、「たしかに。でも、どうだろ」と大吾は笑った。

「付き合いはじめたのは高校二年の夏でした。あいつのほうが俺に興味を持ってくれて、俺のほうは好きとかそういうのはわからなかったけれど、付き合うことにしました。一緒にいるのは楽しかった。でも、今思えばそれ以上のことはなかったんです」

それでも一年ほどは一緒にいたと大吾は言った。

「ぎくしゃくしはじめたのは三年の夏が来て、俺が受験勉強に本腰を入れはじめた頃です。あいつは親のスーパーを継ぐことが決まっていたから、東京の大学を目指して勉強をする俺と距離を感じていたんでしょうね。『卒業しても私と付き合い続けたい？』という質問に、俺は邪険な返答しかできず、喧嘩になって、別れたんです」

大吾はタオルでもう一度顔をぬぐった。

「最後に会ったのは、俺の合格が決まった日の夜でした。朝穂、自転車で一時間もかかる俺の家まで来て、『おめでとう。一言、そう言いたかった』って。俺、戸惑っちまって。もともとぼんやりしてるじゃないですか。本当に、あいまいな、変な挨拶しかできなかったんです。あいつ、自転車で少し離れて、振り返って、すごい笑顔で、手を振って……」

タオルを、目に当てる大吾。

「今日、あいつが目の前に現れたとき、正直、『げっ』て思ったんですよ。高校の頃はもっとイモっぽくって、ふっくらしてましたよ。それがいかにもあか抜けた社会人って感じで現れて、馬鹿にされてる感じがしました」

でも、と大吾は続けた。

「あいつ、変わってなかった。急に現れて一緒にすき焼き食ったりなんて、高校生の頃のまんまの図々しさですよ。そんな朝穂のこと見ているうちに二人で話したくなって、三十分くらい抜け出したんです」

たしかに二人がいつの間にかいなくなっていた時間があった。しかし、酔っていたからだろう。三十分も二人がいなかった感覚はなかった。

「俺、あいつの家の事情なんて知りませんでした。あ、いや、親父さんのことは聞いたことがありましたね。離婚後、何かの詐欺の被害に遭ったことがあって一度お母さんに泣きついてきたことがあったとか。そんな程度です。名前だって、今日初めて聞いたんです」

大吾は頭を抱えた。

「苦労したんだなって思っていたら、最後に会ったあの日のこと、思い出しちゃって。あいつがどんな気持ちで一時間も自転車を漕《こ》いだのか、どんな気持ちで『おめでとう』と言ってくれたのか、どんな気持ちで笑顔で手を振ったのか……俺、たまんなくなっちゃって。もう一度朝穂と付き合えたらもっとずっと大事にするのになんて思って。妙ですよ、こんなの、妙ですよ」

「それはきっと、すき焼きとかなんとか、そういったものを食べたせいデス」

ケビンが言った。

「でもいいじゃないデスカ。もう一度、恋人にナル」

「無理だよ。朝穂は社会人で俺は学生。朝穂は富山で俺は東京」

「ケビン、さっきの写真、見せてやれよ」

秀次の言葉に「ハイ」とケビンはタブレットを大吾に見せる。

「ぼくの恋人。Los Angeles にいマス」

大吾は小さな目をぱちくりさせてタブレットを見ている。

「東京とLos Angelesに比べたら、東京と富山、目玉と鼻孔の距離デス」

「『目と鼻の先』な。お前、一生けんめい日本語勉強してるのは認めるけど、微妙に違うんだよ」

「もう一度、朝穂と付き合えると思いますか?」

大吾は秀次のほうを見ていた。

「わかんねえけど、そんなに強く思える気持ちって、一生のうち何度も湧いてくるもんじゃないだろ。湧いてきたときが伝えるチャンスなんじゃないか」

「すき焼きでLOVEが湧いてクル。やっぱり日本人、素敵デス」

ケビンの口添えはズレている気がしたが、びしょぬれの態には勇気を与えたようだった。大吾は立ち上がる。

「二人とも、ありがとうございます」

「おい、忘れるなよ、告白は、朝穂ちゃんの親父さんを捜してからだぞ」

「わかってますって。おやすみなさい」

およそいつものぼんやりした雰囲気を見せず、大吾は嬉々として部屋を出て行った。

五

秀次とケビンに加え、大吾、優作、ムシオの五人は意気揚々と、待ち合わせ場所である池袋駅中央改札口前へやってきた。みな、八王子に行く気満々だった。朝穂の父──田元勢三がかつて一枚だけ送ってよこした住所のあたりで、もっと広範囲にわたって聞き込みをかけるのだ。そうすればきっと、田元勢三の行方についての手がかりが得られるはずだ。

午前九時より十分早いにもかかわらず、理沙と朝穂は待っていた。

「よう」「おはよう」「オハヨウゴザイマス」

口々に声をかけて近づいていくと、理沙が人差し指を口元に当てた。朝穂は、誰かと電話をしていた。

「はい、はい……わかりました。ちょっと待ってください」

朝穂は理沙のほうを見て、「メモ、取れます？」と訊ねた。理沙はバッグの中からスマホを取り出した。

「はい。どうぞ。……新宿区、百人町《ひやくにんちよう》……二丁目……」朝穂が電話の相手から聞いた住所を復唱し、それを理沙がメモした。

「ありがとうございました。失礼します」

「なんだよ、この住所」

朝穂が通話を切ったところで、秀次は訊いた。

「父が住んでいた八王子のアパートの大家さんからでした」

嬉しさとも戸惑いともつかない表情で、朝穂は言った。

「昨日、会うことができなくて、お話を聞くことをあきらめていたんです。でも、父の住んでいた部屋の下の方が今朝になって私のことを大家さんに話してくれたらしくて、電話をかけてきてくれました。父が退去するとき、大家さんにだけは転居先の住所を残していったそうで」

「それがこの、百人町の住所だっていうのか？」

「はい。なんでも、田元家の親戚のお家《うち》にお世話になっているそうです。田元家のほうは私の両親の結婚にもともと反対だったから、会ったことはありません」

「いきなり、ものすごい情報だね」

優作が興奮していた。他の面々も顔を見合わせている。

「どうしましょう。八王子じゃなくて、直接ここに行ったほうがいいですよね？」

やはり戸惑いがあるらしく、朝穂は当たり前のことを秀次に確認した。

「そりゃそうだろうけど……」と秀次は少し考え、大吾の顔を見た。

「お前と朝穂ちゃんだけで行ってこいよ」

「えっ？」

「これだけの人数を連れてきたのは、八王子のアパートの周辺でしらみつぶしに聞き込みをかけるためだ。もうその必要はなくなったし、田元家の人たち、こんなに関係のないやつが押しかけても迷惑だろう。付き添いは一人だけ、昔から朝穂ちゃんのことをよく知っているお前が最適だ」

大吾と朝穂の二人きりの時間をできるだけ作ってやりたいという裏の目的は、もちろん口にしない。

「そうだね、ヒデの言うとおりかもしれない」

理沙が口添えし、他の面々も無言で同意を示す。朝穂と大吾の心は決まったようだった。

「それじゃあ、行ってきます」

二人は連れ立って改札を抜け、山手線のホームへと向かっていった。それを見送っでも行ってこようかな。ちょうどスニーカーが見たかったし」

「解散か。俺、八王子に行くつもりだったから、心はもう中央線なんだよね。立川《たちかわ》に

「どうするって、八王子に行く必要はなくなったんだから……解散だな」

優作が両手を頭の後ろにやった。

「さてヒデ、俺たちはどうする？」

たあとで、

スニーカーは優作のおしゃれな趣味の一つだ。スウェーデンにお気に入りのメーカーがあり、そこのスニーカーを取りそろえている店は東京では立川にしかないらしい。

するとムシオが反応した。

「あ、立川なら僕も。いきつけの標本屋があって、最近アフリカの蝶のコレクションが大量に入ったらしいんですよ。見たいなあと思ってて」

こういうときに趣味のある人間というのは羨ましい。

「じゃあ一緒に行こうか、ムシオ」

「一緒に行くのはいいけど、大吾たちと同じ電車にならないようにしろよ」

秀次の忠告を受け、そこで五分くらいすごしてから二人は改札を抜けていった。残された秀次、ケビン、理沙の三人はあてどもなく東口のほうへ歩きはじめる。

「ヒデさん」

秀次の肩をつつきつつ、ケビンが小声で言った。

「ぼく、帰ったホウがいいデスカ」

「なんでだよ」

「だってヒデさん、理沙さんと二人キリがいいデショ？」

「お前、まだそんなことを……」

少し先を歩いていた理沙が「ねえ」と振り返った。

「雑司《ぞうし》が谷《や》に、前から行ってみたいカフェがあるんだけど、一緒に行かない？　石臼を使って、自分たちで黄粉《きなこ》を挽《ひ》けるっていうお店なんだけど。ケビンも気に入るかなと思って」

「おう、行こう」

秀次は返事をした。

「お前も一緒に来いってさ」

ケビンは肩をすくめる。

そのカフェの開店時間が十時ということなので、しばらく時間をつぶすためにサンシャイン通りへ出た。日曜の午前十時前の池袋、チェーンのカフェぐらいしか開いておらず、とにかく他愛のない会話をしながら南池袋のほうへ流れてきた。

《和カフェ　空即是色《くうそくぜしき》》は、南池袋東通り商店街にあった。壁も床もテーブルもダーク調にそろえられ、照明は落ち着いていて大人の雰囲気だ。どのメニューも手ごろな値段とはいいがたく、一人なら絶対に入らない店だと秀次は思ったが、文句を言うわけにもいかず、窓際のテーブル席に理沙と向かい合って座る。ケビンは秀次の隣だ。

「ここに、豆を入れるのデスカ」

店員がテーブルの中央に置いていった石臼を、ケビンは物珍しげに眺めている。わらび餅にかける黄粉を自分たちで挽くのがこの店の売りだそうだ。

ケビンは石臼の穴に三粒、豆を入れ、取っ手をつかみ、恐る恐るといった感じで回す。ごごごと豆がすり潰される音がして、石臼のあいだから粉が出てきた。

「Oh, indeed Kinako!」

石臼を回す手を止め、くぼみにたまった黄粉を匙《さじ》ですくい、わらび餅にかける。

「こうやって作るんだな、黄粉って」

「ヒデもやってみなよ」

「ああ」

全然興味なくついてきたが、なんだか楽しくなってきた。

理沙が差し出した小皿の豆粒を秀次は取り、ケビンと同じように石臼の穴に入れた。

取っ手をつかみ、回しはじめようとしたところで、

「あれ？」

窓の外を歩く二人組が目についた。

「どうしたの？」

「あれ、大吾と朝穂ちゃんじゃないか？」

店のすぐ前の商店街通りを、つい一時間と少し前に池袋駅で別れた二人が歩いていくのだ。

「本当だ。なんだろ、二人のあの顔」

理沙が指摘した二人の表情は沈み切っていた。会話をするでもなく、ただ同じ方向に歩いているという感じだ。秀次は理沙と顔を見合わせた。何かよくないことがあったのか。声をかけるべきだろうか。そう目で会話をしていると、がばりとケビンが勢いよく立ち上がった。

「おいケビン」

秀次の制止を聞かず、ケビンは店の外へ飛び出していった。声をかけられた二人は振り返り、ガラス越しにこちらを見て驚いている。やがて、ケビンに連れられて店内に入ってきた。

「おう」

二人は軽く会釈をし、秀次たちの隣のテーブルについた。水を運んできた店員に、大吾はコーヒーを二つ注文した。

「声かけちゃ、悪かったかな」

「ああ、いえ、そんなことはなかったです」大吾が否定し、「なあ」と朝穂に同意を求める。

「はい。むしろ、よかったです。ヒデさんたちにも一緒に来てもらいたかったから」

気になる言い回しだった。

「何か、あったのか」

「……はい」

このあと、朝穂と大吾の口から聞かされたのは、秀次が考えうるかぎり、最悪の結末だった。

六

《和カフェ　空即是色》を出て池袋駅とは逆の方向へ進むと、東京さくらトラムの都電雑司ヶ谷駅が見えてきた。駅のすぐ脇の踏切を渡ってすぐに位置するのが、雑司ヶ谷霊園だ。

夏目漱石《なつめそうせき》、竹久夢二《たけひさゆめじ》、ジョン万次郎《まんじろう》といった著名人たちの墓があることでも有名なこの霊園は、敷地内に車道が通っているほど広く、墓参りをする人のための地図が設置されている。

朝穂はその地図の前で番号を確認し、「こっちみたいです」と先導していく。車道の脇を掃除していた六十代くらいの作業着姿の男性が顔を上げ、秀次たちのほうをじっと見ていた。右の頬に刃物で傷つけられたような大きな傷があり、目つきもきつい。大学生が集団で墓参りにくるのが珍しいのだろうか。

朝穂はその清掃員を無視するように、墓と墓の列のあいだに入った。

大小さまざま、形も新しさもさまざまな墓石のあいだを二十メートルほど進んだ一つの区画の前で、朝穂は立ち止まった。

比較的新しい墓石に、【田元家之墓】と書かれている。脇には墓誌と呼ばれる板状の石があり、葬られている人々の記録が七行、彫られている。一番左の記録だけ文字が白く、最近彫られたことをまざまざと物語っていた。

——田元勢三　享年五十五
日付は、つい一年前だった。

朝穂は墓誌の前にしゃがみこみ、両手で額を覆うような体勢になった。

「お父さん……」

一時間前、池袋で秀次たちと別れたあと、朝穂と大吾は山手線で新大久保へ行った。

百人町の住所にあったのは二階建ての一軒家で、「田元」と手書きの表札があったという。インターホンを押すと、出てきたのは二人とほぼ同年代の女性だった。朝穂が自分の素性を名乗ると、ああ、とだけ彼女は言って、まるで品定めでもするような目つきで朝穂のことをじろじろ見た。

この家は勢三の兄、康二《こうじ》のもので、典子《のりこ》と名乗った彼女は、康二の娘だった。つまり、勢三にとっては姪《めい》、朝穂にとってはいとこだった。もちろん田元家とは没交渉だったので、朝穂は彼女に会ったことはなく、そもそも、伯父やいとこがいたことすら知らなかった。

事情を話し、勢三に会いたいと朝穂が言うと、典子はむなしそうに目をつぶって首を振ったという。

――勢三叔父さん、去年、亡くなったよ。

五年ほど前に八王子から百人町の康二のもとへ転がり込んできた勢三は、仕事らしい仕事もせず、日雇いの肉体労働をする毎日だった。居候生活をしているのが後ろめたいのか、毎日朝早く家を出て、夜遅くに帰ってくるので、典子との交流はほとんどなかった。初めて会ったときに全身から煙草《たばこ》のにおいをさせていた印象しかないと典子は言った。

結局その煙草が原因で肺の病気になり、その後も隠れて吸っていたらしく、昨年、病院で死んだ。

——一応、血はつながってるからね、雑司ヶ谷霊園のうちの墓に入ってるよ。その場所でよかったら教えてあげるけど。

そう告げる典子の態度からは、勢三を悼む気持ちは少しも感じられなかったらしい。

「そりゃ、お荷物だよね……」

墓石ではなく墓誌に手を合わせるような格好で、朝穂はつぶやいた。

「家の反対を押し切って富山のスーパーマーケットの娘に婿入りしてさ、勝手に離婚して、起業するとか言ってそれも失敗。結局、伯父さんのところに転がり込んで居候して、病気になって死んじゃって……本当に、勝手な人生だよ」

悲しみや怒りというより、朝穂の言葉から秀次が感じたのは、空《むな》しさだった。秀次たちは、なんと声をかけていいかわからず、区画の外でしばらく彼女の姿を眺めていた。

朝穂はやがて立ち上がり、バッグからスマートフォンを取り出し、どこかへ電話をかけた。

「……あ、お母さん？」

相手につながった。入院中の母親のようだった。

「そう。今、東京。あのね、ショックなことを言うけど、いい？」

今、ここで田元勢三の死を報告するようだった。急な展開に戸惑いがないわけではなかったが、ここまで首を突っ込んだのだから、見守るしかないだろうと秀次は思った。

「お父さん、亡くなってたよ」

重い、沈黙。

「……嘘じゃないって。肺の病気だって。……ごめんね。今、胸がいっぱいでそれしか言えない……だから、嘘じゃないって」

朝穂は大吾のほうを見た。

「高校の頃に付き合ってた、大坪大吾君、覚えてる？……そう、造り酒屋の。今、東京の大学に通ってて、お父さんを捜すのに協力してくれてたの。代わるね」

大吾にスマートフォンを渡し、「大吾からも、お父さんが死んだこと、言ってくれない？」と言った。大吾はスマートフォンを耳に当てる。

「もしもし、大吾です。お久しぶりです。……はい。朝穂さんと、こちらの親戚にも会いました。それで、お父さんが亡くなったことを聞いて……今、お墓の前に。はい。お父さんの名前が墓誌に刻まれているのも確認しました」

朝穂が大吾の手から奪うようにスマートフォンを取った。少し強引にも思える勢いだった。そして彼女は再び母に話しかける。

「わかったでしょ？　……お母さんはこっちに来るの、無理でしょ、その体じゃ」

　ほとんど泣きそうになっていた。

「じゃあとりあえず、切るね」

　通話を切り、ふうと息を吐く。朝穂は真っ赤な目を、秀次たちに向けた。

「みなさん、ごめんなさい。こんな結果になって。ヒデさん、本当にごめんなさい」

「謝ることじゃない。俺たちも、何と言っていいか」

「いいんです。感謝しています。私、嬉しかった。見ず知らずの私のために、みなさんが世話を焼いてくれたこと。みなさんと一緒に素敵な時間を過ごせているんだから、大吾の進学は、間違っていなかったと思います」

「朝穂……」

　何か言いたそうな大吾を遮るように、朝穂は先を続けた。

「私、富山に帰ります。母に何と報告していいのかわかりませんけど、これは、自分で考えることだから」

　区画を出た彼女は、最後にためらいがちに【田元家之墓】を振り返り、小さく会釈した。どういう心境なのだろう。ふがいない人生を送った父親への、決別の意思だろうか。

　そして朝穂は秀次たちのあいだを通り抜け、道路へと出た。

「みなさん、ここでお別れにしましょう」

こちらを振り返らず、彼女は言った。

「本当にありがとうございました。さようなら」

「待てよ」

大吾が引き留めた。

「ごめん、大吾」

「俺……」

「一緒に来てくれて、嬉しかったよ」

「行くなって。朝穂、俺、お前のことが好きだ！」

言った……！　秀次は固まった。秀次だけではない。ケビンも理沙も沈黙している。

朝穂の後ろ姿は震えているように見えたが、やがて「ごめん」とつぶやくように言った。彼女は走り出した。追いかけようとする大吾の手首を、秀次は握った。

「止めないでください、ヒデさん」

「落ち着けって。今、そんなことを言われても混乱するだけだろ」

秀次は大吾の顔を真剣に見つめた。

「今は、そっとしておいてやるべきだ」

七

　大吾は「俺も頭を冷やしてきます」と、朝穂が走り去ったのとは違う方向へ一人で歩いていった。秀次は追わず、再びケビンと理沙と三人で歩き出した。澱《よど》んだ沼のように重苦しい雰囲気の中、三人とも口を利かなかったが、とにかくにぎやかなところへ出て気を晴らしたいという気持ちは一致していた。

　サンシャイン通りへ出て、ファミリーレストランへ入った。

　時刻はちょうど昼時で、少し待たされた。理沙もケビンもずっとスマートフォンをいじっていて、さっきのことには触れまいとしているようだった。

「……大吾君、あのタイミングで告白はないよね」

　やっと理沙がその話題に触れたのは、テーブルに通され、注文を済ませてからだった。

「タイミングなんていうの、うまくはかれないだろ」

「ん？」

「人の気持ちっていうのは衝動的なもんだしさ。特にああいう……恋心ってやつは、募ってしまったときが言いたいとき、みたいなことってあるんじゃないのか？」

とはいえ、あのタイミングはなかったと秀次も思っている。思い返してみて、恥ずかしくなるくらいだった。

「へぇー。ヒデもそういうこと、言うんだ」

「なんだと？」

にやける理沙に、腹が立ってきた。

「お前なあ……」

「あっ、ダディからデス！」

ケビンがスマホを見て言った。

「オー・マイ・カミサマ！　浅草の《雅久《まさきゅう》》、知ってマス？」

「なんだって？」

「すき焼きの名店デス。ぼく、ダディに昨日のコト、報告しマシタ。からすき、錆びてて使えナイ。スコップ使ってもおいしくナイ。ダディ、すき焼きとても面白いネとコメントくれマシタ。そして、友だちと行ってきナサイと、《雅久》のディナーチケット、くれマシタ」

スマートフォンを見せてくる。「雅久　お食事招待券」と書かれていた。老舗の料理屋も、招待券を電子で提供する時代だ。プリントアウトしても使えるようだ。

「いずれぼくも、旅行会社に入りタイデス。ダディ、それに大賛成。今のうちに日本で楽しみナサイと言いマス」

「いい身分だな、お前は」

「これ、二人分。転送して譲ることデキマス。ヒデさんと理沙さんで行きマスカ？」

「なんでだよ」

「おっ」

今度は理沙が自分のスマホを見た。

「よかった。朝穂ちゃんからだ」

「えっ？」

「ちょっと、覗かないでよ。昨日、連絡先を交換しておいたの。さっき、『本当にすぐ帰っちゃうの？』って送っといたんだ」

「返事は、なんて？」

「『日本橋で和栗《わぐり》モンブランを食べてからにする』って」

理沙は微笑み、荷物をまとめはじめる。

「なんだよ、それ」

「昨日の夜、いろいろ話してたの。『東京に来て食べて一番おいしかったの、何？』って訊かれたから、ゼミの友だちと食べにいった和栗モンブランの話をしたんだよね。どうしてもそれを食べてから帰りたいっていうから、今から行ってくる。私が注文したパスタ、二人で食べちゃっていいから」

「おい、ちょっと待て」

「ついてこようなんて思わないでよね」理沙は秀次を睨みつけた。「女同士のほうがいいときだってあるから。心配しないで。たぶん、大丈夫だよ。早く行ってあげないと。朝穂ちゃん、方向音痴で地図読むのも苦手だっていうから、迷っちゃうかもしれない」

じゃあねケビン、と手を振り、理沙は店を出ていった。

「勝手だな、女って」

秀次は毒づいた。ケビンも同意してくれると思いきや、

「ホーコーオンチ……」

顎に手を当て、じっと考えている。そして、

「ミョーデス」

いつものセリフを口にした。

「朝穂さん、地図読むの、苦手デス？」

「昨日寮に来たときも『方向音痴で、地図アプリを見ても道に迷う』って言ってたな」

「ハイ。でも雑司ケ谷霊園デハ、そうじゃなかったデス」

「ん……？」

たしかにあのときは、霊園入り口の地図を見て、率先して田元家の墓までたどりついた。

「墓の番地、教わってたんだろ？」

「ぼく、日本に来てからすぐ、雑司ヶ谷霊園の小泉八雲《こいずみやくも》のお墓参り、シマシタ。地図見ただけではなかなかたどり着けず、人に訊いて、やっとたどり着けマシタ。あの霊園、方向音痴のヒト、難しいデス」

「Hmmm…」と唸ったあとで、ケビンは再び訊いた。

「大吾さん、朝穂さんのお父さんのコト、あんまり知らないデシタネ？」

「ああ、朝穂ちゃんが中学のときに離婚したっていうからな。一度、詐欺に遭って泣きついてきた話以外は聞いたことがなくて、名前も知らなかったって言ってたな」

「Ah……」

なぜか額に手を当て、浮かない顔になるケビン。

「どうしたんだよ」

「ヒデさん、朝穂さんのマミィのスーパーマーケット、名前、覚えてマス？」

「《マルシェたかはた》だ」

「スマートフォンで調べてみる、いいデスカ？　ぼく、日本語入力、マダ苦手」

言われた通りに調べてみると、《マルシェたかはた》のページに緑色で「現在営業中」と書かれていた。

「どういうことだ?」

「電話してみてクダサイ!」

「何、興奮してんだよ」

と言いつつ秀次は通話ボタンをタップする。呼び出し音が聞こえてくる。

「朝穂さんのお母さんを、呼び出してクダサイネ」

「お母さんは入院中だろ」

言い返したところで、〈はい、マルシェたかはたです〉と、男性の声が聞こえた。

ケビンは「早く、早く」と促すような顔をしている。

「あの、高畑朝穂さんのお母様はいらっしゃいますか」

〈社長ですか?〉

やや戸惑ったように、相手は答えた。

〈おりますが……失礼ですが、どちら様でしょうか〉

いる? 入院中じゃないのか? 秀次は混乱した。

この電話をきっかけとして、けだるく陰鬱になると思われた秀次たちの日曜の午後は、ものすごく忙しくなった。

八

台東区浅草、浅草寺《せんそうじ》。

六月の日は長く、午後五時半になってもまだ明るいが、東京で最も古い歴史を誇るこの寺院の荘厳な本堂は、午後五時に閉門と決まっており、それに伴って、日中は観光客でにぎわう仲見世《なかみせ》も半分以上は閉店する。しかし、境内にはいつでも入場可能なので、この時期の夜間は、本堂はライトアップされ、昼間とはまた違った姿を見せてくれる。

昼間よりだいぶ閑散としたその境内で、秀次とケビンは、呼びつけた面々が現れるのを待っていた。

「お待たせ」

宝蔵門《ほうぞうもん》のほうからまず初めに現れたのは、理沙と朝穂だった。

「さっきは……すみませんでした」

朝穂は気まずそうに頭を下げる。

「気にしなくていいって」

「東京、堪能できマシタカ？」

ケビンの問いに、朝穂の表情は緩んだ。

「はい。和栗モンブランは売り切れていたんですが」

日本橋でしばらくショッピングをした後、港区の麻布《あざぶ》まで足を運び、理沙のおすすめの甘味処《かんみどころ》へ行ってあんみつを食べたという。

「今日中に帰ろうかと思いましたが、遅くなっちゃったので、また理沙さんのお宅にお邪魔することになりました」

「そうか。そりゃ好都合だ」

「好都合？」

「どういう意味よ？」理沙が口をはさむ。

「だいたい何なの、こんなところに呼び出して。……まあ、ライトアップされた浅草寺が見られて、よかったんだけど」

「本当。キレイですね」

朝穂はうっとりしている。

「そうだろ。俺たちに感謝しろ。そして、関係者が全員そろうまで見学して待ってろ」

「関係者？」

理沙は不思議そうな顔をしたが、それ以上何も聞かなかった。

それから五分ほどして、大吾がやってきた。

「遅くなって……えっ？」

大吾は、朝穂がいるのを見て目をぱちくりさせている。朝穂のほうも気まずそうに目を伏せた。

「どうして……」

「俺が呼んだんだよ。ところでお前、だいぶ飲んだのか？」

「普段よりは。でも、このとおり、頭ははっきりしています」

「さすが、《獅子辰寮》一の酒豪だ」

昼間、雑司ヶ谷霊園で別れた後、大吾はあてどもなく彷徨《さまよ》いつづけ、気づいたら早稲田《わせだ》にいたという。通りがかった公園のベンチに座り、朝穂のことをとりとめもなく考えていたが、やはり腹は減り、昼飲みのできる居酒屋にふらりと入った。午前中から練習をしていたらしき社会人野球チームが騒いでおり、少し打ち解けて「今日、ふられてきたんです」と話すと「つらいだろう、奢《おご》るからのめのめ」と酒を勧めてきた。勧められた酒を断るような男ではないのでぐいぐい飲んでいるうちにますます打ち解けていった。秀次とケビンがすべての裏付けを取り、「今から浅草に来い」という呼び出しの電話をかけたのは、大吾が早稲田大学の校歌をすっかり覚えてしまった頃だったらしい。

「ヒデさん、どういうことなんですか。なんで浅草寺なんです？」

「あとでわかるよ。関係者は全員、ここに呼んであるんだ」

「だから何なのよその、『関係者』っていうのは」

理沙が割り込んできたそのとき、

「ヒデー！」「ヒデさーん！」

宝蔵門ではなく、二天門《にてんもん》のほうから声がした。手を振りながら、優作とムシオが駆け寄ってきた。秀次のそばに到着すると二人は膝に手を当て、はあはあと息をついた。

「ごめんヒデ。ムシオのやつが地下鉄の出口を間違えて」

「ちがいますよ。優作さんがこっちに違いないって言ったんじゃないですかあ」

「そうだったっけ。まあいいじゃない細かいことは。そんなことより遠いよ、八王子から浅草って……」

その地名に、理沙が「えっ」と反応した。

「八王子って何？ 行かないことにしたんじゃなかった？」

「俺が行くように言ったんだよ」

「意味わかんない」

口をとがらせる理沙の横で黙っている朝穂に、秀次は問うた。

「どうだろう朝穂ちゃん。俺たちに何か、言うことはないか？」

「……別に、ありませんけど」

その口調に、かすかに戸惑いがあった。

「そうか。それじゃあぼちぼち始めよう。ムシオ、優作。お前たちが八王子で何をしてきたのか、教えてくれ」

「はい。朝穂さんの手帳に書いてあった八王子市暁町の住所に行ってきました」

ムシオが丸眼鏡をずり上げながら答えた。予想はついていたのか、朝穂の顔は変わらない。

「たしかに古い二階建てアパートがありました。僕と優作さんは、住民に片っ端から聞き込みをかけました。するとみんな口をそろえて言いました。田元勢三なんていう住人が住んでいたこともないし、その娘と名乗る女性が聞き込みに来たことなんて一度もないと」

「大家さんにも会えたんだよ俺たち」優作が言った。「田元勢三どころか、新宿区に百人町という町があることすら知らなかったよ」

「ど、どういうことです？」

大吾が目を白黒させている。秀次は再び朝穂に訊ねた。

「二人の聞き込みの結果を聞いて、何か言うことは？」

「違うアパートに行ったんじゃないですか?」

「いや、間違いないね」優作が言った。「俺、しっかり覚えていたんだ。八王子市暁町五―六―六、《ハイツてらしま》。アパートの名前はしっかり一緒だった」

「間違えたんだと思うな」

朝穂は言い張った。

「俺がどうして二人に八王子に行くように頼んだのか気にならないか? 電話したんだよ、富山の《マルシェたかはた》に。朝穂ちゃんのお母さんを呼び出したら、ちゃんと本人が出た」

「待って待って」理沙が驚く。「だって、朝穂ちゃんのお母さん、入院中なんでしょ?」

「ものすごく元気そうだったよ。大吾の先輩で、朝穂ちゃんの父親捜しを手伝っていると言ったら、恐縮していた。ところが、話をしていてどうもかみ合わない。それもそのはず、朝穂ちゃんのお母さんも、『田元勢三』なんて名前の人間は知らないっていうんだから」

「なっ……」理沙と大吾が絶句する。ムシオと優作も顔を見合わせ、どういうことかという表情になっている。

「本当の父親の名前は、『平尾修《ひらおおさむ》』。そうだな?」

朝穂は唇をかんでいる。何も言うことはないという意思表示だった。

「百人町のほうも確認済みだ」

「なによ、確認済みって？」

理沙はもう何がなんだかわからないという顔だ。

「優作とムシオに八王子に行くように指示したあと、俺とケビンは百人町の親戚の家にも行ったんだ。住所はケビンが覚えていた。本当に、朝の池袋駅でほんの一度だけ聞いた住所を、よく覚えてたぜこいつは」

ケビンは「HAHA」と笑い、頭を掻いた。

「その住所にはたしかに一戸建てがあったが、手書きの「田元」なんて表札じゃなく、オーダーメイドの立派な『脇田《わきた》』っていう表札だった。インターホンを押したら二十歳くらいの女性が出てきたから、俺は鎌をかけてやったんだ。『俺たちも高畑朝穂に協力している者だ』ってな」

平静を装ってきた朝穂の顔が、青ざめてきていた。

「『計画がばれそうだから、変なやつから電話がかかってきたらうまくやりすごしてくれ』。そんな感じのことを言ったらすっかり信用してくれて、何もかも話してくれた。脇田さなえさん。朝穂ちゃんのSNS上の友人で、自殺を考えるくらいに悩んでいたときに顔も知らない朝穂ちゃんに相談し、救われたと言っていた」

やはり朝穂は何も答えない。秀次は続けた。

「俺たちはその後、もう一度雑司ヶ谷霊園に行って清掃員に訊いてみた。覚えてるだろう、頬に傷のある目つきの怖いおっさん。朝穂ちゃんのこと、ちゃんと覚えてたよ。先週の土曜日もやってきて、有名人のものでもない墓石を一つ一つじっくり見て回っていたから『変な子だな』って印象に残っていたって。それが今日になって仲間をぞろぞろ引き連れてやってきたんだ。あんな目つきにもなるさ」

「わ、わけがわかりません！　ヒデさん！」

大吾が喚きはじめた。

「どうして朝穂はそんなことを？　田元勢三っていうのは、誰なんです？」

「去年死んであの墓に葬られた、まったく関係ない人間だ。朝穂ちゃんは、墓誌に刻まれた『五十代半ばの男がここ数年のうちに死にました』という記録だけが必要だったんだよ」

「え？　え？　え？　なんですか。なんですか？」

大吾だけではなく、理沙も優作もムシオも混乱している。朝穂が自分から言い出すのではないかと思ったが、そのつもりはないようだった。

「初めから話すぞ。朝穂ちゃんのお母さんは【ある事情】により、行方不明になった元夫の平尾修を捜そうと思い立った。ところが同じ【ある事情】によって、朝穂ちゃんにとってそれは都合が悪かった。朝穂ちゃんは自ら東京に父親を捜しに行くことを申し出、最終的に『お父さんは死んでいた』とお母さんに報告することを考えた。だけど、ただ『死んでいた』と報告しただけじゃ、お母さんは信じないかもしれない。第三者の証言が必要だ。その第三者に選ばれたのが……」

朝穂以外の一同の目が、大吾に集まる。秀次はうなずいた。

「上京している元カレならコンタクトを取りやすいし、口裏を合わせていることを疑われない絶妙の距離感だ。計画の前段階として、一週間前に上京し、雑司ヶ谷霊園で片っ端から墓石や墓誌を見て回り、『ここ数年以内に死んだ五十代の男性』の名前を見つけた。次に脇田さなえに会って計画の一部始終を話し、協力を頼んだ。朝穂ちゃんに命を救われたことのある脇田はこれを快諾した」

秀次は再び、朝穂を見る。

「そしていよいよ昨日、計画は実行に移された。おそらく朝穂ちゃんは大吾だけにコンタクトをとるつもりだっただろうが、成り行き上、すき焼き会に参加して、その途中で八王子の住所を大吾に言うことになった。ちなみにあの八王子のアパートも、ストリートビューかなんかで適当に見つけたものだろう？　『お父さんは東京で一人暮らしをしている』とつい話したことがある手前、いきなり百人町のニセ親戚の家に案内するわけにもいかなかった。池袋に住んでいる学生が行くには遠い地として八王子を選んだんだろう。……たしかに行かねえよな、八王子は」

「なんだよヒデ、その言い草は」「僕らがどれだけ苦労したか。駅からまだ延々とバスに乗るんですよ？」

優作とムシオを手で制し、秀次は先を続けた。

「大吾だけじゃなくて俺たちみたいなうるさいのが協力を申し出たのは朝穂ちゃんにとって想定外だっただろう。でも、『田元勢三』というニセ父親の名前をしっかり大吾に刷り込んだことだし、計画の進行に影響はなかった。翌日になって大家から電話があったと嘘をつき、百人町のニセ親戚、脇田さなえの家へ。そして雑司ヶ谷霊園で『田元勢三』の名前を確認し、その場で母親の携帯に電話をした。……あんとき、違和感あったんだよな。いきなり大吾に代わって話させたと思ったら、『お父さんの名前が墓誌に刻まれているのも確認しました』って言ったところで大吾の手からもぎ取るようにスマホを奪った。……言われちゃ、水の泡だもんな。お母さんの全く知らない『田元勢三』っていう名前を」

いつの間にか、あたりはすっかり暗くなっていた。ライトアップ効果は抜群となり、浅草寺の本堂は幻想的な佇まいを見せている。だが、それを楽しんでいる余裕は、誰にもなかった。

「墓から離れるとき、朝穂ちゃん、振り返って墓石に会釈したよな」

秀次は言った。

「あれは、本物の田元勢三に対する謝罪の気持ちだったんじゃないか。『こんなことに巻きこんでしまってすみません』っていう」

「朝穂ちゃん、本当なの？」

理沙が朝穂に訊ねた。朝穂は口を結んだままだ。

「わからないです、ヒデさん」大吾が言った。「ヒデさんの言ったことが本当だとして、どうして朝穂はこんな面倒なことをしたんです？【ある事情】って、何なんです？」

秀次は答える代わりに、朝穂に目を向けた。

「お母さんに電話したときに、全部聞いてるよ。だが、自分で言ったほうがいいんじゃないのか、さすがに」

朝穂は顔を上げた。

たっぷり時間を取った後、やがて朝穂は、

「ごめんね、大吾」

と切り出した。

「――私、結婚するんだ」

九

〈朝穂、結婚するのよ〉

昼間、池袋のファミレスで朝穂の母からそう聞かされたとき、秀次はテーブルの上の水のグラスを倒しそうになるくらい驚いた。

〈相手は建築関係の職場で働いてる十歳上の人で、気は荒いんだけど生活は安定してるの。私もどうしてもスーパーマーケットを継いでほしいわけでもないし、結婚自体には賛成なんだけど……〉

問題は向こうの両親だと朝穂の母は言った。離婚しているとはいえ、新婦の父親にも会いたいというのだった。

〈挨拶をしたいって言うのは口実で、どういう人間か実際に見て知っておきたいという感じね。話を聞いているうちに、私も無理やり捜してきて会ってもらうのがいいと思うようになったんだけど、朝穂は絶対反対だって言い張って。それでも『自分で捜しに行く』って東京に行ったもんだから、考え方を改めたと思ったんだけど……そう。私が不治の病で入院したことにまでしてねえ……〉

最後は苦笑交じりだった。「田元勢三」という知らない名前を聞いて、あらかたの事情は察したらしかった。

〈本当は私が自分で夫を無理やり捜したいところなんだけど、本当に行方がわからなくって。スーパーも忙しくてなかなかねえ。みなさんにもご迷惑おかけして、申し訳ないことです〉

「いえ。それは大丈夫ですが。本当にわからないんですか、居場所は？」

本当に、わからないのよねえ……と、疲れ切った様子で、母親は答えたのだった。会ったこともないその人の疲れ切った顔を想像し、助けてやらなければならないと秀次は思った。

「お母さん、朝穂さんに連絡するのはもう少し待ってください。俺たちに、任せてもらえませんか？」

「本当はね、私が会いたくないんだ。お父さんには」

朝穂は今、秀次の目の前で浅草寺の本堂を眺めている。

「スーパーマーケットが忙しくてお母さんがかまってくれなくて、私は小さい頃からずーっとお父さんにくっついて育てられた。嫌なことも全部相談して、喧嘩もいっぱいしたけれど、大好きだった。信用してた。それなのに……いきなり『もう疲れたんだ』って言って離婚して」

涙がその頬を伝う。

「私、『裏切り者!』って思いっきり叫んで。お父さんはすごく悲しそうな顔で手を振って。……それでおしまい」

「本当にもう、会いたくないのか?」秀次は訊いた。

「会えないですよ。連絡先もわからないし。だから、死んだことにするのが一番いいの」

「会えたら、話すつもりはあるということだな?」

朝穂は秀次の顔を睨みつける。

「何、言ってるんですか! 会えないって言ってるじゃないですか!」

「ナデシコさん、お待たせしました!」

ケビンが大声で叫ぶ。すると、二天門とは逆の、薬師堂のある方から三つの人影が近づいてきた。

「あんたたちねぇ、いつまで待たせるのよ?」

頭に載せたサングラスが曇りそうなくらいに怒っているのは、警視庁捜査一課の田中撫子刑事。部下の浦辺が、一人の男性を連れている。その顔を見て、

「うそ……」

朝穂が手を口に当てた。

色あせたスラックスによれよれのジャケット。頭髪は薄くなり、額にちょろりと前髪が垂れている。

「平尾修です。この度は、ご迷惑をおかけしました」

彼はそう言って、秀次に深く頭を下げた。

「どうして……」

「関係者は全員呼んであるって言ったろ？　一度、詐欺被害に遭って頼ってきたことがあるって大吾から聞いていたんだ。そういう事件は、被害者の記録も警察に残る。もちろん、どこに住んでいるかもな」

「長瀬くん、私たちが警察。私たちが調べたの。自分の手柄みたいに言わないでくれる？」

いったい、どの口が言うのか。

「ごくろうさまデース、ナデシコさん」

ケビンが近づいていく。

「さすがデス。リトル・トーキョーのときも、情報集め、早カッタ」

「うるさいうるさい！」

田中刑事は両手をぶんぶん振った。

「とにかくこれで、借りは返したから。私たちは忙しいのよ！」

浦辺を促し、再び夜の浅草へと消えた。優作やムシオはぽかんと口を開けてその姿を見送っている。

「朝穂……ごめん」

平尾修は娘に謝った。

「結婚するんだってな、おめでとう」

「今さら、何よっ！」

朝穂は父親に背中を向けた。

肩が震えているのは、戸惑いか、怒りか、それとも、父を許せない悲しみか……。

彼女の前に、ケビンが歩いていく。カバンから細長い封筒を出し、朝穂に差し出した。

「《雅久》のすき焼きディナーチケットデス。ここから歩いて五分、二人分ありマス」

「えっ？」

「日本人、特別な日にすき焼き、食べると聞きマシタ。父と娘が再会して、娘が父に結婚の報告をスル。こんな特別な日はありマセン」

「……やめて。私には、話すことなんてない」

朝穂は頑なに首を振る。

「行ってこいよ！」

浅草寺の境内に大声が響いた。声の主は、大吾だった。

「お父さんと、行ってこいよ。どんなことがあっても人を悪く言わず、自分がどんなにつらくても他人を応援できる。俺が知ってる朝穂は、そういう女だ」

その力強い目には、上京する大吾にエールを送った夜の朝穂の姿が見えていたに違いなかった。

「俺もお前の結婚、応援する。だから最後に、俺の頼みを聞いてくれ。お父さんと、すき焼き、行ってくれ」

朝穂は黙っていたが、やがて手で目をぬぐい、「ありがと大吾」と言った。

「あんたを好きになった高校時代の私を、ほめてあげたいよ」

そして彼女はケビンの手から、封筒を受け取った。

十

朝穂たち父子が消えた浅草寺の境内。一人の失恋した男と、それを見守る数人。

「ヒデさん……」

失恋した男が、そのでかい図体《ずうたい》を震わせて秀次の顔を見る。

「遠ざかっていくものは大きいです。……高校の頃、ずっとそばにいたのになあ。俺のこと、ずっと大事に、思っていてくれたのになあ……」

大吾の頬に涙が流れる。秀次が口を開こうとしたそのとき、どこからか軽妙な音楽が流れてきた。日本人なら誰もが聞き覚えのある、懐かしくて優しいメロディーだった。

「涙をこぼしては、いけマセン」

ケビンが、スマートフォンを見せていた。画面には『上を向いて歩こう』というタイトルがあった。

「坂本九《さかもときゅう》という歌手が歌った、日本のヒット曲デス。一九六三年、アメリカでも発売されてミリオンセラーになりマシタ。アメリカでのタイトルが『SUKIYAKI』デス」

体でリズムを取りながら、ケビンは続ける。

「当時のアメリカで一番有名な日本の歌。今でも日本の歌といえばこれを歌う人も多いデス。ぼくのダディもマミィも、子守歌によく歌ってくれマシタ。日本語習いはじめて、歌詞の意味を知って、ますます好きになりマシタ。ぼくは日本のみなさんにとても伝えタイ。ぼくたちアメリカ人にとって『SUKIYAKI』という言葉は、単なる日本料理の名前ジャナイ。優しさ、繊細さ、悲しみとの向き合い方……日本人の情緒がたくさん詰まった、素敵な曲の名前でもあるんデス。嬉しいとき、悲しいとき、どっちのときも日本人の心のそばにアル。それが、スキヤキです」

たまに鬱陶しくなるケビンの日本好きだが、こういう熱いところは嫌いではない。

日本人でよかったと気づかせてくれる。金髪碧眼の友人は今この場の誰よりも、浅草寺の佇まいによく似合っていた。

「よし！　行くか」

　秀次は大吾の肩を叩き、言った。

「す、すき焼きですか？」

「そんな高級なものを食えるわけねえだろ。ここは浅草だぞ。我ら《獅子辰寮》の寮生たちが目指すのは、ホッピー通りに決まってる」

「えー、また飲むんですかあ？」

　嘆くムシオの腕を、優作が取る。

「八王子まで往復の運賃分は、ヒデにおごってもらおう」

「あー、まあ、そうですねえ」

「じゃあ、みんなで歌いながら行きマショウ」

　ケビンのスマートフォンから聞こえる往年の歌手の歌声に合わせながら、ホッピー通りを目指して歩きはじめる。

　調子はずれな大吾の声。やたら甘い優作の声。笑うムシオとケビン、それに理沙。

　十年経っても二十年経っても、浅草に来るたび今夜のことを思い出すだろうと、秀次は思った。

第 5 話

KYOTO

Kyoto is old Japan writ large: quiet temples, sublime gardens, colourful shrines and geisha scurrying to exclusive engagements. With more than 1000 Buddhist temples and over 400 Shintō shrines it is one of the world's most culturally rich cities.

京都には、静謐《せいひつ》な寺院、崇高さを感じさせる庭園、色とりどりの神社、そして、お座敷のために走り回る芸者など、特筆すべき古き日本らしさがある。1000を超える仏教寺院と400を超える神社があり、世界で最も文化的に豊かな都市のひとつである。

〈『Lonely Planet Japan 16th Edition』より〉

一

はっと我に返る。

平塚優作は、ソファーのそばに尻もちをついていた。両手の平に、カーペットの感触。視線の先には、薄汚れた照明器具――。

おそるおそる目を床に戻し、さっき自分が見た光景が幻ではなかったことを再認識する。

当麻《とうま》友一《ゆういち》が、仰向けになって倒れていた。Tシャツの胸の上から包丁が突き刺さっており、流れ出た血が床のカーペットに今なお、広がりつつある。

「お、おい、あんた！」

四つん這《ば》いの姿勢になり、当麻のもとへ這いよる。

「大丈夫か、おい！」

肩を揺すぶるが、見開かれた目にはもう生気がない。

「うわあ！」

また怖くなってドアのほうへ退いた。

まずい。まずいぞ、これは。

──逃げなければ。

振り返ると、少しだけ開いたドアのレバー式のノブが目に留まる。あれを支えにしようとフローリングの床をずりずりとドアまでにじり寄り、ノブを右手で強く握って足に力を込めた。

がくんと、ドアの下に倒れこんだ。

ドアノブが右手の中にある。外れてしまったようだった。

「どうしてこんなときに！」

優作はドアノブを床へ投げ捨て、廊下へと這い出た。死体から遠ざかったことで気分はいくぶん、落ち着いた。これからどうするか？　頭の中が忙しく動きはじめる。

スニーカーに足を入れてなんとか立ち上がり、玄関のドアをそっと開け、様子をうかがう。

昼下がりの住宅街、誰もいない。今なら、姿を見られることなく逃げられるだろう。

とにかく、網山《あみやま》に連絡だ。素早く外に出てドアを閉めながら、優作はそう考えた。

外廊下を走り、金属の階段を駆け下りると、すぐ目の前は砂利敷きの駐車場になっていた。横切って道路のほうへ出ようとしたとき、向こうから老人が一人歩いてくるのが見え、とっさに軽トラックの陰にしゃがんで身を隠す。恐る恐る荷台越しにうかがうと、老人は優作には気づかなかったようで、歩いていってしまった。

ほっと胸をなでおろしながら立ち上がった。リフォーム会社のものなのか、軽トラックの荷台には取り外されたドアが一枚載せられていた。

とにかくここを離れてしまおう。網山にメッセージを送るのはそのあとだ。

優作はあたりを気にしつつ、駅に向かって走り出した。

二

長瀬秀次のもとに、警視庁捜査一課の田中撫子刑事から電話があったのは、六月も半ばをすぎた日曜日の午前十時のことだった。朝の五時までアルバイト先の先輩たちと飲んだくれていたので、《獅子辰寮》の自室の二段ベッドの下段でぐっすりと寝ていた。

「ヒデさん、ヒデさん」

突然、体がぐらぐらと揺り動かされる。

「いつまで寝てマス？　起きてクダサイ。電話デス」

ベッドの向こうにしゃがみこんで秀次の顔を覗き込んでいたのは、同室のアメリカ人留学生、ケビンだった。手に、秀次のスマホを持っている。

「あ？　ん」

体を起こしつつ、通話アイコンをタップした。

〈もしもし、長瀬君？〉

聞き覚えのある、きつい女性の声がした。

「田中さんか？」

〈そうよ。頭脳明晰《めいせき》容姿端麗、アメージング・グレース、田中撫子。平塚優作って、あなたの寮に住んでいる寮生よね？〉

「ああ、そうだけど」

〈今からあなたの寮に行くから、平塚優作が逃げないように見張ってなさい〉

「見張るってなんだよ」

〈私たちが行くことは感づかれないように。それでいて、平塚が寮から出ないようにしておくのよ、わかった？〉

一方的に言って、田中刑事は通話を切った。

「なんだよ、いったい。いてて……」頭を押さえつつ、ベッドから這い出る。ケビンとともに、二つ隣の優作の部屋まで行った。

「おい、優作、優作」

ドアを叩くが、誰も出てくる気配はない。

「んー？　何やってんすか？」

洗面所のほうから、のっそりと熊のような図体の男がやってきた。大坪大吾だ。

「優作さんなら、昨日からいないっすよ」

「なんだと？」

「昨日、トモヒロたちと麻雀やるとき、優作さんも誘おうってことになって。でも、部屋の電気は消えてるし、電話してもつながらなかったっす」

「昼は、いまシタ」ケビンが口をはさむ。「ぼく、下のソファーで本、読んでタ。優作さん、そわそわした様子で出ていきマシタ」

田中刑事が到着したのはそれからわずか十五分後のこと。食堂に通して優作がいないということを説明すると、頭から蒸気でも出ているんじゃないかというくらいに激怒した。

「何をやってるの！　逃がすなっていったじゃない！」

「怒鳴るなよ、頭に響くから。昨日の段階でもう、いなかったんだよ。電話もつながらないし」

「いつもと違うところがあったでしょ！」

そこらじゅうの椅子を蹴っ飛ばし、警察というより一昔前の借金取りのようだった。

寮生たちはビビって、秀次とケビン以外はみな、食堂から出ていく。

「お、お、落ち着いてください、田中さん」部下の浦辺がなだめ、田中刑事はようやく落ち着いた。

「いったいなんだよ、優作に何の話があるんだ？」

「重要参考人なんです」浦辺が苦笑いを浮かべながら言うが、

「そんな生易しいものじゃない！　殺人事件の容疑者よ！」

テーブルをばんばん叩きながら、田中刑事は叫んだ。

「容疑者？」

「今朝七時すぎ、目黒区五本木のマンションの一室で、当麻友一という三十歳の男が、胸にナイフを突き立てられた状態で発見されたわ。所轄署の調べで、当麻は詐欺をしていたことがわかった。日本では手に入りにくいスニーカーを、ネットを通じて手ごろな額でマニアに紹介する。マニアが金を振り込んだら、そのまま連絡を絶つ。単純な詐欺ね」

「スニーカー？」

秀次が反応すると、田中刑事は「わかったようね」と笑みを見せた。

「スニーカーを集めるのが趣味の平塚優作は、当麻に三十万円を騙し取られていたのよ。当麻は三日前に銀行から百三十万円の現金を下ろしているけど、現場の部屋にはそれがなかった。平塚が当麻を殺害し、それを持ち去ったと考えられるわ」

ショックだった。そんな話、信じられない。

「でもデスネ」ケビンが言った。「そういう詐欺師、一人ダケ、引っかけナイ。優作さんの他ニモ、騙された人、たくさんいるデショ？」

「そうね。当麻が使っていた他人名義の銀行口座には、平塚のほかに十五人からの振り込みが確認された」

「どうして優作さんが疑われマス？」

「現場となったマンションの部屋に、決定的なものが落ちていたのよ。浦辺」

「はい」

浦辺は上着の内ポケットから小さなビニール袋を取り出す。精南大学の学生証が入っていた。顔写真を見ただけで、優作の物だということがわかる。

「そんな！　何かの間違いだ！」

秀次は叫ぶが、田中刑事は首を振った。

「それを本人に確認しようとここへ来たら、すでに姿が見えず、連絡も取れない。……逃げたとしか思えないじゃない」

田中刑事は椅子から勢いよく立ち上がった。

「もうすぐ鑑識が到着する。当麻の遺体に刺さっていたナイフには、指紋がべったり残されていたのよ。平塚優作の指紋と照合させてもらうわ。それまで私たちは、平塚の部屋で待つことにする。長瀬君、案内しなさい」

逆らうわけにもいかず、秀次は田中刑事を案内する。浦辺を扉の前に待たせたまま、田中刑事は部屋に入っていった。秀次はケビンとともに、二つ隣の自室に戻る。

「ヒデさん……」

部屋のドアを閉めるとケビンが心配そうに声をかけてきた。

「何かの間違いデス。優作さんが、殺人ナンテ」

「当たり前だ」

と言ったものの、胸の中に黒い雲がかかったようだった。優作、なぜ電話に出ないんだ……。

とそのとき、テーブルの上に置いてあったスマートフォンがぶるぶると震え出した。優作か――と思ってディスプレイを見ると、「六車良夫」と表示されていた。

京都の父親が事故にあって入院したということで、ムシオは五日ほど前から帰省していた。こんなときになんだよと思いながらも、通話アイコンをタップして耳に当てる。

〈もしもし、ヒデさん？〉

「おう。どうだ、親父さんの具合は」

〈大したことなく、あと一週間くらいで退院できるそうです〉

「そうか、よかったな。悪いが今、ちょっと立て込んでて。またかけてくれ」

〈あ、ちょっと待ってください。一つだけ。優作さんって、京都に来てます？〉

　秀次は思わず姿勢を正した。

「優作？　どうしてだ？」

〈いや、さっき、久しぶりに姉と伏見稲荷《ふしみいなり》大社に参拝に行ったんですよ。そうしたら人ごみの中に優作さんらしき姿が見えて……〉

　話しかけようとしたが、あまりに人が多くて近づけず、そのうちに見失ってしまったというのだった。

「さっきって、何時ごろだ？」

〈十時三十分くらいですかね……〉

　優作が、京都にいる？　どういうわけだ？　このことを田中刑事に報告すべきか？　いや、田中刑事のあの調子なら、優作の立場は怪しいだろう。

「また連絡する」

　通話を切った。ケビンが不思議そうな顔をして秀次の顔を見つめている。

「優作は京都にいるらしい。ケビン、俺たちも京都に行くぞ」

　ケビンの顔に喜色が浮かんだ。

「Oh! Kyoto!」

「しかしどうしよう。田中さんには知られずに行かなきゃいけないが、この部屋を抜け出すところを浦辺さんに見られる。窓から出ようにも、ここは二階だ……」

「いいもの、ありマス！」

ケビンは金属ラックの一番下にある木の箱を開け、中から能面やこけしや編み笠《がさ》なんかを次々と床の上に放り出す。

「アリマシタ！」

彼の手に握られているのは――、鉤《かぎ》付きの縄梯子《なわばしご》だった。

「……忍者かよ」

三

京都駅に着いたのは午後一時半すぎだった。JR奈良線に乗り換えて稲荷駅に着き、改札口を出ると、

「ヒデさん、ケビン！」

テントウムシユニフォームに身を包んだムシオが手を振って二人を迎えた。姉は友人と用事があるらしく、もう何時間も前に帰ったとのことだった。

「ようこそ、京都へ。ケビンは、京都は初めて？」

「ノー。二回ありマス。子どもの頃と、今回、大学に入学する前。何度来ても、

beautiful」

嫌な予感はしていたが、ケビンはすっかり観光気分だ。

「おい、暢気なことを言ってる場合じゃないんだ」

新幹線の中で、田中刑事から何度も電話がかかってきていた。秀次たちが部屋から抜け出したことに気づいたのだろう。初めは無視していたがあまりにしつこいので電源を切ったままにしてある。

「どうしたんですかヒデさん。優作さんがどうかしたんですか？」

心配性のムシオには、余計な不安を与えないため、詳しいことは伏せて、時間と待ち合わせ場所だけを送っておいたのだった。

「事情は歩きながら説明する。お前と姉ちゃんが優作を見たところへ案内するんだ」

「わ、わかりました」

道路を渡るとすぐに大きな赤い鳥居が聳えていた。観光客たちを横目にそれをくぐり、参道を歩きながら、秀次はムシオにあらかたの事情を話す。ムシオの顔色が変わった。

「そんな。優作さんが殺人だなんて……僕が優作さんを伏見稲荷大社で見かけたことは、田中さんには言ってないんですか？　こういうのはやっぱり警察に任せておいたほうがいいんじゃないですか？」

「田中さんはすぐにでも優作を逮捕しそうな剣幕だった。なんで逃げているのかわからないが、俺たちが優作を先につかまえて、事情を聞くんだ」

ムシオはなおも不安そうに眼鏡をずり上げる。

「大丈夫デス」

ケビンが確信したような口調で言った。

「優作さん、殺人するわけナィ。ぼくたちが京都まで来たコトを知ったら、ちゃんと話してくれマス」

ムシオは少し考えるようなそぶりを見せたが、「わかりました」とうなずいた。

「僕も手伝います。京都の街には僕が一番詳しいですからね」

「ああ……それにしてもすげえな」

三人の目の前には二つ目の鳥居が聳えており、その向こうに、ずいぶんと豪華な建物が現れてきた。

「あれが神社かよ」

「いえ。あれは……」

「秀吉が寄進した楼門デス」

ケビンがムシオの説明を横取りする。

「秀吉のマミィが病気になったとき、病気を治してほしいと願いをこめて、この豪華な楼門を造りマシタ」

「詳しいね、ケビンは」

　ムシオは苦笑いを浮かべる。

「Los Angeles にいるときから、京都のことはいっぱい勉強してマシタ」

「そうなんだ。ヒデさんはひょっとして京都は初めてですか？」

「いや、高校の修学旅行で来た。だが、こういう神社とか寺とかには一切行かず、飯屋とかショッピングスポットとか、そういうところばっかり巡ってたんだ」

「もったいないですよ」

「もったいないデス」

　急激に恥ずかしい気持ちになる。自分は今まで日本人として何を誇りにすごしてきたのだろう。ケビンに出会ってから折に触れてそんなことを思う。

　楼門をくぐると、さらに豪華な本殿が現れた。参拝をしたあとでムシオについて本殿の左手へ回る。土産物屋と神社の施設にはさまれた石畳の道が続き、参拝客が絵馬を書いたり、おみくじを引いたりしている。

「僕と姉は、絵馬を買って、ここで願い事を書いていました」

　台のところで立ち止まると、ムシオは言った。

「そうしたら、あのあたりに狐《きつね》のお面をおでこにつけてスマートフォンをいじっている男性が、歩いているのが見えたんです」

指を差したのは、向かいの土産物屋だった。

「狐の面？」

「はい。いくら全国の稲荷大社の総本山だといったって、あんなもの、普通はつけませんよ。変な人がいるなあとよく見たら、優作さんだったんです。知り合いかもしれないからちょっと行ってくると姉に言い残し、僕が近づこうとしたところで、優作さんはお面を外し、あっちのほうに歩きはじめました。僕は後を追ったんですけど、ちょうど外国の団体客が大勢やってきてしまって、見失っちゃったんですよね」

「そうか。……あっちは道が続いているのか？」

歩いてきたのとは別の方角に、参拝客たちが流れていくのが見えた。

「はい。さっきの駅とは違う、伏見稲荷っていう京阪本線の駅があるんです。そこまで、土産物屋さんが立ち並ぶ通りになっています。たぶん優作さん、そっちに歩いていったんじゃないかと」

「よし。じゃあ、土産物屋を一軒一軒、聞き込みして回ろう」

「えっ？　一軒一軒？」

「そうだ。優作が京都にやってきた手がかりがつかめるかもしれないだろ。俺たちにできることはそれくらいしかない。行くぞ」

歩き出そうとする秀次の右手首を、ぐいとケビンがつかむ。

「奥社、行かないデスカ？　お参りしまショウ」

「は？　お参りはもうしただろ」

「ヒデさん。僕たちがお参りしたのはまだ本殿だけです」

ムシオがまた眼鏡をずり上げる。

「ここは稲荷山っていう山全体が境内になっていて、ちゃんとお参りするには登山道を登らなきゃいけないんです。戻ってくるまでざっと、二時間くらいですかね」

頭がくらりとしそうになる。

「そんなに時間かけてられるかよ」

「京都に行ったら時間は気にしちゃダメ。ダディの友達によく言われマシタ」

しみじみとした表情でケビンが言った。

「だからってな、今日は観光じゃないんだ」

「まあまあ。せめて登山道の手前の奥社までは行きましょう。そこまではだいたいみんな行くんです。伏見稲荷大社まで来て、本殿だけの参拝で帰ったんじゃ、ご利益ありませんよ。絶対に、『来てよかった』って思いますから」

ムシオは、いつになく強い口調だった。

四

奥社へ続く道は、一般的に「千本鳥居」と呼ばれるスポットだった。真っ赤な鳥居が延々と立ち並ぶ中を進みながら、秀次はため息が出た。東京にはない、おそらく、世界中のどこにもない、神々しくて不思議な鳥居のトンネル——ここを抜けたら、狐の支配する幻想の世界に通されてしまうのではと思うほどだった。

「Ah、京都デス」

ケビンは何度も立ち止まり、大きく息を吸い込んでいた。

「どうですヒデさん。来てよかったでしょ？」

千本鳥居を抜け、奥社に手を合わせたあとで、ムシオは嬉しそうに秀次の顔を覗き込んできた。

「ああ、そうだな」

本当に、これが単純な京都旅行ならどれほどよかったことだろう。登山道に未練のありそうなケビンを促し、千本鳥居ではないほうの道で本殿のほうへ戻ってくる。

京阪本線の駅へ向かう土産物屋通りへ入り、聞き込みを開始する。

「すみません。今日の午前中、この男を見ませんでしたか？」

スマートフォンに入っている優作の画像を、土産物屋や飲食店の店員に見せて訊いていくものの「知らんなあ」とつれない返事ばかり。十軒目の老婆などは聞こえないふりをして顔を逸らす始末だった。

「なんだかそっけないな」

「京都の人間は、よそ者に対しては警戒心が強いですからね」

ムシオは苦笑いをしながら秀次をなだめる。

「ヒデさん、疲れたんじゃないですか？　次、僕が行ってきますよ」

ムシオは自分のスマートフォンで優作の画像を出し、「うどん」と書かれた暖簾をくぐって入っていく。

「ムシオ、なんだかいつもより積極的だな。やっぱり京都はホームだからか。なあ」

とケビンを振り返ると、土産物屋の店頭に置いてある手裏剣のおもちゃを手に取って真剣に眺めていた。

「これ、買っていきマス」

「やめとけ。お前、手裏剣、いっぱい持ってるじゃねえかよ」

「この形のはアリマセン。ヒデさん、これ、伊賀流デスカ、甲賀流デスカ？」

「知るか。そんなものより、せっかく京都に来たんだからもっと買うべき土産物があるんじゃないのか。伝統工芸的な」

「Oh！　ナイスデス！　でも本物、高いデス！　ヒデさん、買ってくれマス？」

「なんでだよ」

言い合いをしていると、

「やりました」

ガッツポーズをしながらムシオが出てきた。その後ろから、緑色のチェックのシャツを着た、ひょろりとした体型の二十代後半ぐらいの男性がついてくる。くすんだピンクの肩掛けカバンの金具に、京都らしい、コインケースほどの赤い錦の袋がぶら下がっている。いなりずしの入ったフードパックを持っていた。

「こちら、京都案内のボランティアをしている方だそうです」

「橋野《はしの》です」

柔らかい関西のイントネーションで挨拶をしながら、男は表情を緩ませた。

ムシオはうどん屋に入り、店員にスマートフォンを見せて優作に見覚えがないかと訊いたが、やはり返事はつれないものだったという。ところが、そのとき偶然うどんを食べ終わって会計を済ませようとしていた橋野が覗き込んできて、「この子、知ってるわ」とつぶやいたらしい。

「京阪の伏見稲荷駅の切符の自販機の前でな、彼が困っててん。仕事柄、そういう人にはすぐ話しかけるようにしてんねんけど、『三十三間堂にはどうやって行ったらいいですか？』と訊かれたんや」

「Oh、蓮華《れんげ》王院！」

「それは正式名称だね」

「通し矢、やってマス？」

「今はやってないよ」

秀次のわからない話をするケビンとムシオ。秀次は話をもとに戻す。

「こいつ、平塚優作っていって、俺たちの友人なんです。何をしに京都に来たのかとか、そういう話はしていませんでしたか？」

橋野は不思議そうな顔をしたが、

「観光やって言うてはったなあ」

と答えた。

「おかしいな、それなら俺たちに言うはずだし、連絡がつかなくなる理由もない。とにかく、行ってみるか、その三十三番地に」

「番地じゃないですよ」

ムシオは苦笑だ。

「これから行くつもりか？　ほなら、案内してもええで」

橋野はそう言って笑った。

「本当ですか？」

「ああ。いつもは年寄りを案内してるからな、久しぶりに君らみたいな学生さんらと京都を歩いてみたいわ。その前に、これ、食うてみ」

いなりずしを勧めてくる。

「俺、いなりずしはあまり……」

「俺も嫌いや。ガキん頃からよう願掛けに来て食うとるけど、美味いと思ったことなんか、一度もない」

橋野は笑いながら一つつまみ、口に放り込んでもぐもぐと咀嚼《そしゃく》した。

「そやけど、伏見稲荷にお参りに来たら食うもんや。これ食うと、不思議とご利益があるんやで。最近、臨時収入が入ることになってん」

「いただきましょう、ヒデさん」

「きっと、おいしいネ」

ムシオとケビンは一つずつ食べた。

しかたないと秀次は手を伸ばしてほおばる。ゴマがずいぶん利いていた。

五

京阪本線で七条《しちじょう》駅まで行き、三十三間堂に案内された。堂内に千体以上の観音像が並んでいるのは圧巻で、ここには初めて来たというケビンは大興奮で、自分と似た顔を探しはじめた。

「アメリカ人にそっくりな観音像なんてあるかよ」

「ありマセンカ」

秀次の言葉に、しょんぼりするケビン。その肩をぽん、と橋野が叩く。

「観音様はもともとインドから来はった。インド・ヨーロッパ諸族ゆうて、民族はヨーロッパ、アメリカとつながってるはずや。君と同じ顔の観音様がいてもおかしないで」

「Fantastic!」

ケビンは俄然《がぜん》元気になる。ものは言いようだと思っている秀次の袖を「ねえねえヒデさん」とムシオが引っ張った。

「あれ、優作さんに似てません？」

指し示された一体の観音像。たしかに優作に似ている気がする。

「似ている観音様を見つけてもしょうがねえんだよ、本物を見つけなきゃな」

その、本物の優作は、結局見つからなかった。

「清水《きよみず》さんのほうに行ったのかもしらんな」

こっちやで、と歩きはじめる橋野について、東大路通という通りを北上する。五条通を渡って坂を上ると、清水寺の仁王門がそびえていた。釘《くぎ》を一本も使っていないという清水寺の舞台は上から見ても下から見ても荘厳で、古《いにしえ》の建造技術の質の高さをまざまざと思い知らされる。三重塔や音羽の滝など、清水寺をじゅうぶんに堪能したが、やはり優作はいなかった。

「祇園《ぎおん》さんかもな。君たち、若いから歩けるやろ」

「もう疲れましたよお」

情けない声をあげたのはムシオだった。

「だらしないな。ほら、これ嗅《か》いでみ」

橋野は肩掛けカバンにぶら下がっている小さな赤い袋をムシオに手渡した。ムシオはそれを自分の鼻に当てる。

「疲れ、取れるやろ」

「うーん。いい匂いはしますけど」

「なんデスカ、ソレ？」

ケビンが興味を示す。

「匂い袋や。京都人いうのは古来、香りとともに生きてきたんやで。いろんな香り成分を混ぜてな、自分の好きな香りを持ち歩くんや。普通はカバンにはぶら下げへんけど、俺は嗅ぎたいときにすぐ嗅げるよう、こうしてんねん」

「Great! ぼくも欲しい！」

「たしかすぐそこに、専門店があったはずや。行ってみるか？」

こうして、本来の目標とはどんどんずれていく。結局、清水坂の途中にある店でケビンの匂い袋を買うのに三十分をロスしてしまった。

「うーん。スバラシイ。香るたびに、京都を思いだしマス」

堪能しているケビンをせかし、再び優作の足取りを追う。清水坂を下る途中で右へ折れ、産寧坂《さんねいざか》、二寧坂《にねいざか》という坂を通り、高台寺《こうだいじ》へ出た。さらに歩いて八坂《やさか》神社に手を合わせたときには日は傾き、足の筋肉が悲鳴を上げていた。

「こんなに歩いたの、久しぶりですよー」

ムシオが泣きそうな声を出す前で、ケビンは「まだまだ大丈夫デス」とやる気満々だった。

「お前、当初の目的、忘れてんじゃねえのか」

思わず声を荒らげてしまう。

「残念ながらここでタイムオーバーやな」

八坂神社の石段を下り、《祇園》と書かれた信号機のある交差点まで来ると、橋野は腕時計に目を落とした。

「もう四時半をすぎた。寺は山門が閉まりつつあるしな。お仲間もどこかで宿に向かっとるやろ」

当然だが、橋野には優作を捜索している真の目的は告げていない。この人のガイド、いろんなところを案内してくれて、景色もよかったけど、あまり役に立たなかったな……そんな言葉を口にするはずもなく、秀次は「ありがとうございました」と礼を言った。

「ほな、俺はこれから仕事やから。せーだい、京都を楽しんでや」

軽く手を上げ、橋野は去っていった。

「二人は今日の宿、どうするんですか？」

ムシオが秀次に訊ねる。

「うちに泊めてあげたいんですけど、父親を心配した親戚があちこちから集まっちゃってて、部屋がないんです。すみません」

「気にすんな。ケビンと適当に……」

「決まってマス！」ケビンがスマートフォンをぐいと突き出してくる。《ジェルティ五条》という名の、高級そうな旅館のサイトがあった。

「ダディが部屋、とってくれマシタ」

有無を言わさずケビンはタクシーを停める。三人が乗り込むと、タクシーは祇園の街を抜け、鴨川《かもがわ》を渡ってすぐのところで停車した。

「先斗町《ぽんとちょう》？」

タクシーを降りたところでムシオが不思議そうにつぶやく。目の前に広がるのは、ずいぶんと落ち着いた、昔ながらの京都といった風情の街並みだった。その街を五十メートルほど歩くと、細かい格子の前に《ジェルティ五条》と書かれた暖簾が出ていた。

格子戸を開いて中へ入ると、そこはまさにホテルのフロントだった。びしっとしたスーツ姿のボーイについてエレベーターで四階まで上り、つきあたりの部屋に通される。

「これは、すごいな……」

秀次より先に、ついてきたムシオが感嘆した。

落ち着いた間接照明の中、寝心地のよさそうなキングサイズのベッドが二つ並んでいる。

壁紙は和紙を模したデザインで、壁際においてある三段の箪笥《たんす》は、作られて百年以上は経っているものだろうと思わせる色合いだ。秀次を最も驚かせたのは、ガラス戸の向こうの景色だった。二畳ほどのテラスの向こうに、鴨川の流れが一望できる。ゆったりとした水面に、暮れゆく日の光がきらきらと宝石のように跳ね返り、向こう岸には祇園の街並みがノスタルジックな感じで広がっている。

京都に行ったら時間を気にしてはダメ——ケビンの父親の友人の言っていたことが身に染みるようだった。いつまでも眺めていたい景色が、この街には多すぎる。

「さあ、チェックインも済ませたノデ、夕食に行きマショウ」

ケビンが言う。

「夕食？　このホテルで食べるのか？」

「違いマス。ダディが三人分、予約してくれマシタ。そぞろ歩きマス」

またお前の親父《ダディ》かよ……つっかかる暇を与えず、ケビンは部屋を出ていく。雰囲気のある石畳の道を歩きながら、ムシオがこの先斗町という通りの説明をしてくれた。京都にある五つの花街のうちの一つであるが、お座敷遊び専門ではなく一般的な飲食店やバーも多いため、観光地としても有名なのだそうだ。昔ながらの情緒を保つために、京都でもいち早く無電柱化が完了したらしい。

ケビンの父親が予約していた店は江戸時代に建てられたままのような天井の低い店で、高級そうな小鉢に入った料理が次々と運ばれてきた。うす味だが、とにかく手が込んでいて丁寧に作られていることが、料理の心得など全くない秀次にもよくわかった。初めは緊張していたものの、ビールを飲み、日本酒を飲んでいるうちにだんだんほぐれてきた。昼間の疲れもあって、気持ちよくなるのが早い。だが秀次の心の中には引っ掛かりがある。

「なあ、ケビン」

水菓子を食べる段になって、秀次は言った。

「お前の親父さんの世話になってばかりで悪いぜ」

「いいんデス。父はぼくを旅行会社に就職させるツモリ。今のうちに、日本の楽しいことを経験しておきなさいと言いマス」

「でも、学生には学生なりの京都の楽しみ方っていうのがあるんじゃないのか？　なあ、ムシオ」

ムシオは楊枝をくわえたまま、真っ赤な顔でうなずいた。

「ヒデさんの言うことにも一理あります。そやけど僕は、こういう京都の一面を知ってもらうのもうれしなあ」

酔って京都弁になっていた。

「そういうもんかね……しかし、優作の行方を捜すという本来の目的は……」

「そうや！」ムシオは勢いよく立ち上がって低い天井に頭をぶつけ、「アウチ！」と頭に手をやった。

「お前、外国人か」

「いたた。二人とも、もう少しそこらを歩きましょう。ここは先斗町。今の時間なら、置屋《おきや》さんからお座敷に向かう舞妓《まいこ》さんに会えるかもしれへん」

「Oh!」ケビンが立ち上がり、やはり天井に頭をぶつけ「いたっ!」と叫ぶ。

「お前のほうが日本人じゃねえか」

「舞妓さん、会ったことナイ。ヒデさん、行きマショウ!」

靴を履くのももどかしく外へ出ていく二人を、秀次は追いかける。二人はすでに石畳の道を、ホテルとは反対の方向へ歩きはじめていた。

「おいムシオ、舞妓なんてそんなに簡単に見つかるのかよ」

「普段は会えへんのやけど、今宵はケビンが引き寄せる気がしますわ」

わけのわからないことを言っている。そんなことよりもう一軒、京都の酒が飲める店を探そうぜと、提案しようとしたそのときだった。

「あっ、見てくだサイ」

ケビンが立ち止まった。オレンジ色の街灯の光の中、和服を着て日本髪を結った女性が立っている。底の高い履物、白く塗った顔、きらびやかな髪飾り……間違いなかった。イメージ通りの舞妓が立っている。スーツ姿の男女がその前にいて、彼女に話しかけていた。

「写真、撮ってもらいましょう」

ムシオが駆け出した。ケビンがそれに続く。

「待てって」

追いかけながら、秀次も胸が高鳴っているのを感じていた。舞妓に会えるなんて、京都に来たかいがあるというものだ。——と、前を走っていた二人の足が止まった。

「なんだよ、お前ら」

「ヒデさん、あれ……」

ムシオが指さしたのは、舞妓としゃべっていた二人の男女だ。走り寄ってくる二人に反応したのか、こちらに顔を向ける。

「やべっ、逃げろ！」

秀次は回れ右をして、石畳を蹴る。二人もそれに続くのが気配で分かった。

「待ちなさい、あんたたち！」

飛んでくるのはまさに、田中撫子刑事の声だった。酔客たちをよけながら雰囲気のある狭い道を逃げる。どうして京都に……と思ったそのとき、

「あっ」

ずでんと誰かが転ぶ音がした。振り返ると、ムシオが石畳にうつぶせに倒れている。

「立ち上がれ、ムシオ！」

「させるものかっ！」

秀次の叱咤《しった》むなしく、ムシオの体に田中刑事がとびかかった。

六

四条河原町《しじようかわらまち》の交差点は、先斗町の近くとは思えないほど現代的な光に溢《あふ》れている。

三人は田中・浦辺のコンビに連行されるように、その交差点の見えるチェーンのコーヒーショップにやってきた。

「で、あんたたち、どうして京都に？」

テーブルをはさみ、田中刑事が睨みつけてくる。

「撫子さんはどうしてイマスカ？」

ケビンが訊いた。

「質問してるのはこっちよ！　鉤縄梯子なんて使って……」

「あの梯子でよく降りられましたよね。忍者みたいだ」

感心する浦辺を、田中刑事は睨みつけた。

「すみません」

「……まあいいわ。交換条件よ。私たちが京都に来た理由を告げたら、あんたたちも部屋を抜け出して京都に来た理由を言う。約束できる？」

何か危険な香りがした。秀次は黙っていたが、

「OKデス」

ケビンが勝手に言った。

「当麻友一殺害事件の重要参考人がもう一人浮上したの。網山武彦《たけひこ》という男よ」

「えっ？」

急な展開に、秀次は反応した。

「優作は容疑者から外れたのか？」

「いいえ、むしろ平塚優作の容疑はほぼ確実。あんたたちが部屋から忍者のように逃げたあと、鑑識がはっきりさせたわ。凶器のナイフについていたのは間違いなく、平塚優作の指紋だった」

頭を殴られたような気になる。まさか、本当に優作が……。

「しかし、網山は、平塚以上に当麻に恨みを持っているらしいわ。彼もまたスニーカーのコレクターなんだけど、当麻たちに騙し取られた総額は二百万円に上るのよ」

すごい額だ。だが秀次には、もう一つ気になることがあった。

「『当麻たち』って言ったか？　詐欺をしていたのは当麻だけじゃないのか？」

「実際にカモに接触して金を騙し取るのは当麻友一本人よ。でも、偽のサイトを作ったりメールを打ったりする協力者が少なくとも二人いるらしいの。一人は当麻の身内で、もう一人は〝ビャクダン〟というハンドルネームを名乗っているんだけど……まあ、そっちのほうは、地元の刑事が追いかけているわ」

田中刑事は一口コーヒーをすすった。

「網山のことに話を戻すわね。彼は当麻友一と中学、高校が同じ同級生なのよ。京都出身で、いまも京都に住んでいる。ひょっとしたら平塚の居場所について心当たりがあるんじゃないかと思って、わざわざ京都まで来たのよ」

「その網山という男には事情を訊けたのか？」

「それが、住まいに押しかけたらもぬけの殻。仕方ないから今度は網山の行方について片っ端から聞き込みをかけていたってわけ。さっきの舞妓さんは網山の幼馴染だけど、心当たりはないって。はい、これでこっちの情報は終わり。さあ、あんたたちも言うのよ」

身を乗り出してくる田中刑事。秀次は正直に、ムシオが伏見稲荷大社で優作を目撃したことを告げた。

「へぇーえ」田中刑事は腕を組み、満足そうに微笑んだ。浦辺も意外そうな顔をしている。

「つまり、平塚優作はこの京都に来ているということね。ということは失踪した網山と接触している可能性が強い。わざわざ京都まで来たかいがあったわ。浦辺、かならずこの街で平塚の身柄を押さえるわ」

「おい田中さん、優作は殺人なんて……」

「問答無用よ」

田中刑事はぴしゃりと言った。

「平塚優作から連絡があったら必ず伝えること……と告げても無駄なことはわかってるわ。きっとあなたがたは何を言っても平塚をかばうでしょう。警察を舐《な》めないようにね。私たちが必ず、先に彼の居場所を捜し出してみせるわ」

「待てって田中さん」

「せいぜい頑張りなさい、ケビンもね！」

二人は去っていった。

七

翌朝、目が覚めると、窓の外はうっすらと明るくなっていた。枕元に置いたスマートフォンに手を伸ばし、時間を確認する。六時七分だった。

身を起こし、左隣のベッドを見る。ケビンが気持ちよさそうに寝息を立てていた。

昨晩、田中・浦辺のコンビと別れた後、「そろそろ僕も家に帰ります」とムシオも去っていった。どこかの店に飲みに行く気にもなれず、酒屋で京都の酒を一本だけ買ってホテルに帰った。まだ九時前だった。せっかくだからとテラスに出て二人でとりとめもない話をしながら飲んでいたが、優作のことが引っ掛かってせっかくの酒の味もわからなかった。そのうち雲が出てきて小雨がぱらついて、部屋に入るなりどちらからともなくベッドに入りこんで眠った。十一時にもなっていなかったと思う。スマートフォンを持ったままベッドから出て、ガラス戸へ向かう。空模様はどんよりと重苦しいものの、雨は降っていなかった。テラスへ出て深呼吸した。千二百年の都の川の匂いが体の中に入ってきた。

これがただの京都旅行だったら。鴨川の河川敷を眺めながらまた、そんなことを思う。優作のやつ、何をやってるのか。ナイフに指紋がべったりついていただって？——本当にお前がやったのか——？　昨日から何度かけたか知れない電話番号を呼び出し、通話をタップする。呼び出し音が鳴り響くが、出る気配はない。

部屋の中に戻り、ガラス戸を閉める。テーブルの上に置かれたコップにはまだ酒が入っていた。それを飲み干し、また布団の中に潜り込む。何度か寝がえりを打つうち、また眠りに入った。

ピンポン、ピンポンというけたたましい電子音で目が覚めた。ベッドから這い出てドアを開ける。

「こらっ！　長瀬君！」

田中刑事が飛び込んできて、秀次につかみかかってきた。ほのかに花の香りが漂った。

「な、なんだよ？」

「匿《かくま》ってんじゃないの？」

「朝から失礼します」

一緒にやってきた浦辺とともに強引に部屋に入り込んできた。ケビンはようやく目を覚まし、むっくりと起き上がる。

「おはようゴザイマス、ナデシコさん、浦辺さん」

「寝てるんじゃないわよ……えっ？」

田中刑事はガラス戸の向こうの景色を見て立ち止まり、顔をしかめた。

「……なんでこんないい部屋に泊まってるのよ？　ヴィーガンスイーツで一山当てたセレブのつもり？」

京都まで来てこの珍妙なたとえを聞かされなければならないのかと、秀次はうんざりする。

「ダディが取ってくれマシタ……オヤ」

ケビンは田中刑事の上着の裾を指さした。

「ナデシコさん。灰がついてマス」

「あー、これ、現場にあったお香の灰よ。お皿の上に、円錐状の灰が五、六個残ってたわ。お香って線香みたいな形かと思っていたら、ああいう円錐状のものもあるのね」

「おい、どういうことだ?」

秀次が訊ねると、浦辺が横から口を出した。

「その灰の入った皿を、バランスを崩した田中さんがひっくり返してしまったんです。カーペット中に灰が散って、京都府警の鑑識にえらく怒られてしまいました」

「余計なことはいいのよ」

「現場とか鑑識とか、なんのことかって訊いてるんだ」

「だから!」と田中刑事は気を取り直した様子を見せた。

「殺人事件よ。被害者は当麻友二郎《ゆうじろう》。一昨日殺害された当麻友一の弟!」

「弟?」

スニーカー詐欺グループの一員に当麻友一の身内がいると、四条河原町のコーヒーショップで田中刑事が言っていたことを、秀次は思い出していた。

「現場は左京区百万遍《ひゃくまんべん》にあるマンションの、被害者自身の部屋。カーペット敷きのリビングに仰向けに倒れた遺体の胸には、兄の友一を殺したのとまったく同じデザインのナイフが突き立てられていた。そしてここが重要なんだけど」

ずい、と田中刑事は人差し指を秀次の眼前に突き付ける。

「ナイフの柄からはまた、平塚優作の指紋が検出された」

「まさか……」

「本当よ」田中刑事が言った。「当麻は兄弟でスニーカー詐欺を働いていたの。三十万円を騙し取られた平塚は兄を殺しただけでは気が済まず、わざわざ京都へやってきた。そして、弟の友二郎の居場所を突き止め、有無を言わさずナイフでぐさり」

右手をナイフを握るような形にし、手首をひねるような形で下から上へ振り上げるしぐさをした。

「ミョーデス」

ティーバッグを入れたカップに、サイドボードの上のポットからお湯を入れつつ、ケビンがつぶやく。

「ナンデスカ、そのナイフの使い方」

「たしかに。ナイフを使うなら、こうだろ」秀次は、テーブルの上に置いてあった扇子をナイフに見立てて握り、手を突き出す。

「モシクハ、こうデス」

秀次の手から扇子を取り、ケビンは上から下へ振り下ろす。

「握り方はそれであってます」

浦辺が言った。

「指紋のつき方がそうなっていました。親指が刃とは逆のほうになるように。ですが、刺されたのは腹部なんです」

「フクブ？　おなかのことデスネ？」

ケビンは扇子を持ち替えることなく、立っている人間を想定して腹部の位置にナイフを刺すしぐさをする。やはり、不自然な形に手をひねらなければならない。

「ほら、そうなるでしょ？」

「ミョーデス」

「あっ」

秀次はあることを思いつき、ケビンから扇子を奪い取る。

「ケビン、お前、ちょっとここに仰向けになれ」

「こうデスカ？」

床に仰向けになるケビン。その膝のあたりに秀次は馬乗りになった。

「犯人は被害者を押し倒し、こうやって馬乗りになって、腹を刺したんじゃないのか？　それなら、こういうナイフの持ち方になる」

「どうしてフクブに乗らないデス？」

　ケビンは上半身をむくりと起こし、秀次の肩をつかむ。

「こうやって抵抗サレマス」

「されたらナイフでぐさりだ」

「だったら、やっぱり胸に刺さりマス。フクブに刺さるの、ミョーデスネ」

「たしかに」

　秀次はケビンの上からどいた。田中刑事が鼻で笑う。

「意味のない検証よ。ガラガラヘビにジャスティン・ビーバーを聴かせるくらい意味ないわ」

「意味ないのはあんたのそのたとえだろ」

「平塚の指紋が付いている事実は変わらない！　どうやって刺したか、なんでそう刺したかなんて、平塚を捕まえて吐かせればいいこと。いつまで逃げられるかしらね。そろそろ追い込まれて、出頭してきそうな気がするけど」

　テーブルの上のリモコンを取り、テレビをつける田中刑事。朝のニュース番組が映し出される。

〈次は、今朝、京都で起きた殺人事件のニュースです〉

よく知っている全国ネットの女性アナウンサーが告げる。

〈今朝六時ごろ、京都市左京区百万遍のマンションの一室で、会社員、当麻友二郎さんが殺害されているのを、隣に住む大学生が発見しました〉

朝の散歩に出ようとしたところ、サンダルがはさまった状態で当麻の部屋のドアが半開きになっていたので、不審に思って開いたら当麻の遺体があったとのことだった。

〈当麻さんは一昨日、東京都内で殺害された無職、当麻友一さんの弟であり、兄弟は詐欺行為をしていた疑いがあります。警察は兄弟に金を騙し取られた大学生を重要参考人として追っているとのことです〉

秀次は頭を抱える。

「完全に犯人扱いじゃないか」

「完全に犯人だもの」

田中刑事は平然と言う。

「ニュースで自分のことが報道されているのを見て出頭する犯人は多いわ。平塚もそうなることを祈ってる」

ふとケビンのほうを見ると、顎に手を当てて何かを考えている。

「ケビン、お前も何か言ってやれよ」

「ミョーデス」

「またかよ」

「ドアが半開きになっていただけデ、隣の部屋の中、見マス？」

「はあ？」

「アメリカ人、friendlyですから、隣近所、心配シアウ。でも、日本人、一人暮らし、あまり干渉シアワナイ。マンションに住む人、そうデスネ」

　また変なことを気にしている。

「第一発見者の大学生、西野《にしの》さんは、当麻友二郎と仲良くしていたようです」

　答えたのはやはり浦辺だった。

「当麻には可愛がられていて、当麻が家電を買い替えるたびに古いものをもらったと証言しています。もっとも、当麻が詐欺行為をしていた事実は知らなかったようですが」

「家電をもらったデスカ？」

「つい先月も空気清浄機をもらったと」

「あったわね、現場に新品の高性能の空気清浄機が。格子状のクローゼットの中に隠すようにしちゃって。詐欺で儲《もう》けた金で買ったんだと思ったら腹立たしいわ……って、どうでもいいのよそんなことは」

　田中刑事はふん、と笑った。

「隣の大学生を疑っているなら見当違いよケビン。彼は当麻に恨みなんか抱いていない。本当に心配になったから部屋を覗いたの。近所づきあいを大事にするマンション住人だっているわよ……おっと」

上着のポケットからスマートフォンを取り出す田中刑事。耳にあて、「はい、はい。すぐ行くわ」と手早く通話を済ませた。

「いい、二人とも。平塚からコンタクトがあったら、必ず私に知らせなさい。行くわよ、浦辺」

毎度のことながら、こちらの返事など待たずに部屋を出ていこうとする二人を、

「待ってクダサイ」

ケビンが止めた。

「何よ？」

「ついてマシタカ、空気清浄機？」

「なんですって？」

「今朝の事件の部屋、クローゼットの中の空気清浄機。ONになってマシタ？」

「なってました」浦辺が答える。「空気清浄機はあまり電気代もかかりませんし、常にスイッチを入れておくのが普通かと」

「アリガトウゴザイマス」

ケビンはにっこり笑った。二人は怪訝そうな顔をしながらも、急いで部屋を出ていった。

「なんだよお前、空気清浄機のことなんて気にして」

「ちょっと、こっちのことデス」

「お前な、友だちが殺人犯にされそうになっているときに……」

とそのとき、秀次のスマートフォンが震えた。ディスプレイに表示されている名前を見て、飛び上がりそうになる。

——平塚優作

「もしもし？」

〈もしもし、ヒデ？　俺、もうだめかもしれない〉

優作の声は、悲愴《ひそう》感に満ちていた。

「落ち着け、今、どこだ？」

〈京都だよ。ニュース観《み》てる？　京都で起きた殺人事件で追われている大学生って、俺なんだ〉

「知ってるよ。俺たちも今、京都にいるんだ」

〈えっ？　どうして〉

秀次はこれまでのいきさつを簡単に話した。

「とにかく会って話そう。今、どこにいるんだ？」

〈大映通り商店街――太秦《うずまさ》映画村の近くだよ〉

八

四条河原町から太秦映画村前までは、バス一本で行けることがわかった。さっそく乗り込んだが、ものの十分もしたところで、

「降りマス！」

突然ケビンが言い、勝手に降車ボタンを押した。

「おいおい、なんだよ一体」

ケビンに引っ張られる形でバスを降りた秀次に、ケビンは「この店デス！」と嬉しそうに看板を指さす。お香の専門店だった。ケビンはいそいそと店内に入り、並んでいるお香を物色しはじめた。

「ケビン、何度も言うけど、観光じゃないんだからな」

「優作さんとの待ち合わせまで、まだあるデショ？」

「だからって……」

「いらっしゃいませ」

奥から、二十代そこそこの和服の女性店員がやってきた。

「何かお探しですか？」

その柔らかい物腰と笑顔に、秀次の心中のイガイガしたものが丸くなっていくようだった。京都に行ったら時間を気にしてはダメ——また、言われたような気がする。

ケビンはその女性店員と楽しそうに談笑しながらいくつかのお香を買った。

「見てクダサイ、ヒデさん」

再びバス停でバスを待ちながらケビンが見せてきたのは、親指くらいの大きさの円錐形のお香だった。

「ひょっとして、当麻友二郎の殺害現場で燃えカスの見つかったやつか？」

「はい。興味アリマシタ」

本当に暢気なものだ。

太秦映画村に着いたのは、約束の時間の三分前だった。

映画村の入場ゲートの前には午前中だというのに観光客が大勢いた。天使のオブジェが中央に聳える噴水近くのベンチに腰かけていると、ハンチングを目深にかぶり、サングラスとマスクを装着した、見るからに怪しげな男が近づいてきた。

周囲を気にして話しかけてくるその声はまさに、優作だった。

「Oh！　優作さん！」

ケビンが立ち上がってハグするが、

「ケビン、ダメだって。目立つから」

秀次は呆れた。

「優作、その格好のほうがよっぽど目立つからな」

「そ、そうかな」

「今までどうしてたんだ。お前、警察に追われてるぞ」

「やってない。俺はやってないんだ。信じてくれ、ヒデ」

「信じてるよ。だから事情を聞くために何度も電話してるのに、出ないんじゃないか」

「そうか……ごめん」

「何があったのか、詳しく話せ」

「その前に優作さん、お菓子、アゲマス。手、出してクダサイ」

優作が広げた手に、ケビンはさっき買ってきた円錐形のお香を載せた。それは、と秀次が指摘する前に、優作は口に放り込んだ。

「……ヒデ、ケビン」

「ぺっ、ぺっ。なんだよ、これ」

「HAHAHA。引っかかりマシタ。お香デス」

「ケビン！」

「ゴメンナサイ。ジョーク、ジョーク」

　アメリカ人はジョークのタイミングというものがわからないのか。腹立たしくなったそのとき、サイレンの音が響いた。優作はびくりとして振り返る。すぐそこの道を、パトランプを回したパトカーが通り過ぎていく。優作を逮捕しに来たわけではなく、すぐに去っていってしまった。

「ビビりすぎだぜ、優作」

「そりゃビビるよ。追われてるんだから」

「どこか落ち着いて話せるところはないか」

「ソレナラ！」ケビンが勢いよく立ち上がる「イッソ、入ってしまいマショウ」

　太秦映画村の入場ゲートを指さした。お前やっぱり観光気分だろ、という言葉が出そうになった秀次だが、いい考えかもしれないと思い直す。ゲートには外国人観光客も多く並んでいる。ケビンを連れていれば、留学生を案内している大学生にしか見えないだろう。

　入場料を払って中に入ると、まさに江戸時代にタイムスリップしたような町並みが広がっていた。ケビンはパンフレットを見て「あっちデス！」と二人を引っ張る。

ケビンが足を止めたのは、「時代劇扮装《ふんそう》の館」と書かれた建物だった。

「サムライ、憧れマス」

入っていこうとするケビンを止める。

「遊びに来てるんじゃねえんだぞ」

「変装デス。人目を忍びマス」

結局押し切られ、秀次と優作も時代劇衣装に身を包むことになった。秀次は町人、優作は虚無僧《こむそう》だ。実際に映画撮影にも参加する衣装係やメイク係がつきっきりで仕上げてくれ、本格的な変装となった。

「これ、顔が隠れて意外といいかも」

顔をすっぽり覆う籠（天蓋《てんがい》というらしい）の向こうで優作は言った。尺八を吹く真似までして、いつものとぼけた感じが戻ってきている気がしていた。

「ドウデスカ！」

ケビンが向こうからやってきた。腰に刀と脇差を一本ずつ差した侍の姿だった。ちょんまげのかつらまで被っていて、額との境が見えないように処理されている。

「違和感ありすぎだよ」優作が苦笑する。

「オヌシも悪《わる》よノウ」

「それは悪代官のセリフだろ」

秀次のツッコミに衣装係の女性が笑った。

「このあと、向こうのオープンセットで実際に映画の撮影があるらしいですよ。行かはったらどうです？　エキストラで出してもらえるかもしれへんし」

「行きマス！」ケビンは草履《ぞうり》を履く。

「ケビン、お前、いい加減に……」

「オノオノガタ、討ち入りでゴザル」

「それもお前のセリフじゃないんだよ」

ケビンを追ってオープンセットまでやってくる。すでに人だかりができていて、俳優たちにディレクターが指示を出しているのが見えた。みな、撮影の様子にくぎ付けだ。今がチャンスだろうと秀次は虚無僧の袖を引っ張る。

「おい優作、今、事情を話せ。それ被ってたら、周りにあまり聞こえない」

「ああ……そうだね。そもそも俺が当麻友一と知り合ったのは、立川のスニーカーショップなんだ」

「こないだ言ってた、珍しい輸入ものを取りそろえているって店か？」

「そう。そこで商品を物色していたら、向こうから話しかけてきた。『榊《さかき》ケンジ』って名乗ってね」

初めは怪しんでいた優作だが、話の端々に見られるスニーカーの知識の豊富さに次第に心を開いていった。その日、別れ際に当麻は名刺を渡し、「海外に個人的な伝手がいくつかあって、最新の限定スニーカーを安価で手に入れることができるんだ」と言った。

「やつがいくつか挙げたスニーカーのモデルは、俺が欲しいやつばっかりだった。名刺に書いてあったURLにアクセスしたら、ちゃんとしてそうなサイトで、すっかり信じちゃったんだ。学生限定で大幅割引が可能っていう商品もたくさんあって、その中に、どうしても欲しいスニーカーがあったんだ。まともに買ったら百万円以上するものが、学生なら三十万円だって。それが欲しいと榊に告げたら、『学生だという証明が欲しいから、学生証の現物を送ってくれ』ってメッセージがきた」

「現物？　普通コピーだろ？　送ったのか？」

「『限定一点で他にも欲しがっている人がいるから早めに』ってつつかれて、つい……」

その後、先方にもう申し込んだから、金の振り込みが確認されるまでは学生証は返せないと告げられ、金を振り込むと今度は「保証のためにあと五万円」「原油の高騰で輸送費がかさんであと二万」など、どんどん金を要求されるようになった。

「さすがに騙されてるとわかった俺は、『もう金は払えない。学生証を返してくれ』って送ったら、それ以来、全然連絡が取れなくなった」

何やってんだよ、という言葉を秀次は我慢する。後悔している相手にこんなことを言っても余計落ち込ませるだけだ。

「俺は焦って、榊ケンジという男を知らないかって、スニーカー関係のスレッドに片っ端から書き込んだ。そうしたら、網山武彦と名乗る男から『この男じゃないか』って」

網山武彦——昨日、田中刑事が口にした名前だ。

「送られてきた画像はまさに、榊ケンジの顔だったよ」

榊というのは偽名だと網山は優作に告げた。本名を当麻友一という詐欺師で、長らく出身地である京都で悪さをしていたが、顔と名が知られすぎたので京都を去ったということだった。

「網山自身も当麻に二百万円以上騙し取られていて、どうしても見つけてやりたいようだった。連絡を取り合うようになって三週間くらいが経ったとき、ついに網山から連絡があったんだ。『当麻の東京の住所がわかった』と」

「それがあの目黒区のマンションか」

天蓋ごと、優作はうなずいた。

「一緒にマンションに押しかけ、当麻と話をつけようと網山は言った。ところが待ち合わせの駅に着いたら、網山はいなくて、SNSに『もう先に当麻のマンションに来ている』というメッセージが届いた。俺はそのマンションへ足を運んだ」

当麻の部屋と聞かされていた二〇一号室のドアは鍵がかかっていなかった。開けると、短い廊下のつきあたりのドアが半開きになっている。網山が先に来ているなら大丈夫だろうと優作は上がり込み、ドアを開いた。ソファーの陰に人が寝ているような雰囲気があったので覗いてみると、当麻が血だらけになって倒れていた。

「俺は腰を抜かしちまって、そこにへたり込んだ。血はどくどくと広がっていて、今さっき刺されたのが明らかだった。揺すぶっても反応がない。それで俺は、現場からすぐに去った」

「どうして逃げたんだ？」

「怖かったんだ。それに、網山を取り押さえなきゃと思った。あいつ、メッセージのやりとりの最中、当麻の殺害をほのめかしていたことが何度もあった。京都にいる当麻の弟も同罪だとかなんとか……止めようとしたんだ。現場から離れてからメッセージを送ったら『俺はもう京都に帰る。俺も話したいことがあるから京都に来い』って」

「それで京都に……いや、それでも、警察を頼ったほうがよかったのは間違いなかったろ」

「俺はすでに住居侵入をしてしまっていた。それに、あの状況なら俺が怪しまれるのは間違いない。警察に捕まったら、ヒデやみんなに迷惑をかけると思った。その前に網山を捕まえて自首させようとしたんだ。だから、ヒデたちからの電話も取らなかった」

「馬鹿だな」

「ミョーデス」

ケビンが言った。

「優作さん、殺してナイナラ、どうしてナイフに指紋がついてたデスカ？」

「ナイフ？　指紋？」

天蓋の向こうで、優作は訊き返した。

「当麻の胸に突き立てられていたナイフからはお前の指紋が検出されたんだよ。お前、どこでナイフ握ったんだ？」

「ナイフなんて握ってない。そもそも俺が発見したとき、当麻の胸に突き刺さっていたのは包丁だ」

「包丁？　間違いないのか？」

「間違いない」

その包丁が、別の人間によって発見されたときにはナイフに変わっていた……。

「優作さん、死体を見つけたとき、学生証、ありマシタカ？」

「学生証？」優作は知らないというふうに訊き返した。

「死体のそばにお前の学生証が落ちてたんだよ。それも決定的な証拠になってるんだ」

「いや……あったら回収してたはずだ」

「ヤッパリデス」

ケビンがうなずいた。

「優作さんが部屋に入ったとき、犯人、まだ隠れていたのではないデスカ？　優作さんが部屋を出ていったあと、当麻さんの部屋にあった優作さんの学生証を落とし、指紋のついたナイフを包丁と取り替えたデス。優作さんの仕業に見せるためデス」

「そんな。網山はまだあのとき部屋にいたのか？　でも俺はナイフなんて触ってないし、どうして指紋が……」

わけがわからないという感じだった。

「まあいい、京都に来たあとのことを話せ」

「あ、ああ……」優作はさっきの話をつづけた。

「京都に着いたのは午後六時すぎだった。網山は『今日はもう遅いから、明日十時三十分に伏見稲荷大社の本殿脇で待つ。こちらから声をかけるから、狐の面を頭につけていろ』と送ってきた。ネットカフェで一晩明かして、土産物屋で狐の面を買って、待ち合わせ通りの時間に行った。目立つように狐の面を見せびらかすようにしていたけど、誰も声をかけてこなくて」

そこを、ムシオに目撃されたというわけだった。

「網山の顔は知らなかったのか？」

「SNSアカウントのDMで連絡を取り合っていただけだよ。顔は知らない。待ち合わせ時間を十分すぎたとき、別の場所で会おうってメッセージが……」

「おい、君たち！」

急に大きな声をかけられ、飛び上がる。監督らしき男がこちらに向かって歩いてくる。撮影が始まるのに私語をしていたことを咎《とが》められたのだろうと秀次は思った。

「すみません」

「何を謝っている？　君、こっちに来なさい」

監督が手招きしている相手は、どうやらケビンのようだった。

「ぼくデスカ？」

「ああ。悪役の侍が一人倒れてしまったんだ。君、代わりに出てくれ」

「監督、彼はどう見ても日本人ではありません」助監督が駆け寄ってきて忠告するが、

「あれくらいの身長が必要なんだ。後ろ姿しか映らないからわからん。な、君、頼むよ」

「願ッテモナイデス！」案の定、ケビンは喜んだ。

「あー、それから君」監督は優作も手招きした。「虚無僧もいたほうが絵になる。ちょっと来てくれ」

「いや、僕は……」

「行きマショウ！」

「ほら、あそこにいるディレクターに動きを教えてもらって」

ケビンは優作の腕を取って見物人たちをかき分けていく。秀次はただただ、呆れるしかなかった。

「大抜擢《だいばってき》やん」

振り返ると、見覚えのある笑顔がそこにあった。

「橋野さん。どうしてここに……？」

「どうしてって、ここは俺の仕事場や。言うてなかったか？　俺、本職は撮影所の小道具係やで」

左手に持っていた提灯を掲げ、いたずらっぽく笑う。肩から掛けているカバンもまた昨日と同じものだが、なぜかあんなに得意げにムシオにかがせた匂い袋はついていなかった。

「ところで、友だち、見つかったんか？」

「あの虚無僧です」

「ほーう」

蕎麦屋と書かれた暖簾のすぐそばに立っているように、優作は指示されているようだった。ケビンはといえば、カメラの背後に大勢たむろしている悪そうな一団の中に紛れている。

「シーン72テイク1!」

監督が大声を張り上げた。助監督がカチンコをカメラ前に出す。

「アクション!」

かちん――ケビンを含む大勢の侍が進み出て、主人公役の俳優と対峙《たいじ》した。

「行くな。今すぐここを立ち去れ」「いやだと言ったら?」

悪役の親玉と主人公の掛け合い。

「斬るまでよ!」

斬りかかる親玉の刃をさっと避《よ》け、主人公の浪人は背後の部下を斬っていく。ケビンを含めたエキストラは、すばやく左右に分かれ、空いたスペースをカメラが進んでいく――はずだった。

「助太刀イタス!」

カタコトが響き渡ったかと思うと、エキストラの中から鈍い光を放つ刃がにょきりと出た。ケビンが、刀を抜いているのだ。

「あいつ、何を……」

他のエキストラを押しのけるようにして、ケビンは走り出す。主人公の浪人は驚きつつも、ケビンの刃を自らの刀ではっしと受け止めた。瞬間、ケビンの刀の刃は柄《つか》から折れ、くるくると回転して天水桶のそばに落ちた。

「あかん、柄から外れてもうた。ちょっとすんません」

橋野はやじ馬たちをかき分け、ケビンのもとへ走っていった。

「カット、カットォ！」

監督がメガホンを振り、撮影は中断された。

「何やってんだ、君！」

「ゴメンナサイ。つい、熱くなりマシテ」

監督に謝るケビンの手から橋野はさっと柄を奪い取り、天水桶に走っていって落ちた刃を拾い、その場にしゃがんで修復を始めた。すぐに刀は元通りになる。その手際のよさに、見物人がどよめいたほどだった。

「気ぃつけや」

ケビンに刀を手渡す橋野。小道具係の鑑《かがみ》といった感じだった。さぞケビンも感動したことだろう――と思いきや、受け取った刀をじっと見て、何かを考えている。

あいつ、何をしているんだ……？

「What a Japanese! KYOTO!」

ケビンは叫んだ。

「あな巧緻ナリ、和の心。ダディ、マミィ、ぼくは今、京都にイマス！」

それここでのセリフじゃねえだろ、と秀次が心の中で突っ込んだそのときだった——。

「長瀬っ！　ケビンっ！」

また嫌な声が響き渡った。振り返ると、田中・浦辺のコンビがこっちに走ってくる。

「田中さん！　どうして！」

「通報があったのよ。殺人事件の容疑者として行方を捜されている大学生がここにいるってね」

田中刑事はあっという間に近づいてきた。

「誰からだよ？」

「知らないわよ。匿名だったけど、平塚優作の顔はマスコミにはまだ発表してないから、警察関係者でしょ？　そんなの、あんたに関係ない」

この見物人の中に警察関係者が……。

「平塚優作はどこ？」

「い、いない。どこにも……」と言いつつ、虚無僧のほうを見てしまった。

浦辺が叫んだ。虚無僧が尺八をかなぐり捨てて逃げだしていた。

「あっ！」

「あの虚無僧ね。浦辺、捕まえなさい！」

「はいっ！」

ウサギのように速く、浦辺は駆け出す。

「田中さん、誤解だよ。俺はあいつから事情を聞いたんだ。そもそも、優作が死体を発見した時、当麻友一の胸に突き刺さっていたのは、ナイフじゃなくて包丁だったそうだ」

「かく乱させようとしてそんな嘘を」

「嘘じゃない。きっと真犯人が、優作の指紋のついたナイフとすり替えたんだよ。前もって、何らかの方法で、指紋をつけといたんだ、きっと！」

「真犯人って誰？」

「網山武彦だ」

「寝ぼけたことを言わないで」

鋭い視線を、田中刑事は向けてきた。

「網山武彦のアリバイは証明されたわ」

「えっ？」

つい一時間ほど前に帰宅したところを、自宅周辺で張り込んでいた京都府警の刑事が押さえたのだという。網山は仕事が嫌になって無断欠勤をし、この五日間一人旅に出ていたらしい。行先は広島県。宿泊先の民宿はすでに地元警察によって確認済みだという。

「宿泊先だけではなく、行った先々の観光地の従業員からも裏付け証言がとれているわ。今朝まで広島にいた人間に、東京や京都で殺人を犯すのは無理よね。これで、決まり」

秀次は目の前が真っ暗になった。

九

京都府警本部は、コンクリート造りの古い建物だった。秀次とケビンはその会議室で、田中刑事と対峙している。映画村で優作が拘束されたあとすぐに警察車両に同乗するように命じられたので、町人と侍の姿そのままだった。優作は別室で、京都府警の刑事によって昨日の事件についての取り調べを受けている。

「とんでもない友人を持ったものね」

昨日からの行動を秀次たちから聞き取ったあとで、サングラスをもてあそびながら、田中刑事は笑った。

「騙されたことは同情するわ。でも殺人なんて」

「……優作はやっていない」

お決まりの文句のように言ったが、力は入らなかった。優作自身が犯人だと信じていた網山のアリバイが成立してしまったのだ。

「網山のSNSアカウントは調べたのかよ。優作はそれでやっと連絡を取っていた」

ふふ、と田中刑事は笑う。

「平塚のスマートフォンを調べてそのアカウントとやらを見せてもらったら、何もなかったわ。嘘を自ら証明したわね」

「捨てアカウントだ。……誰かが優作をはめるために、網山に成りすましていたんだ」

「捨てアカウントは自分でも作れる。彼の自作自演でしょう」

言葉に詰まる。と、そのとき――、

「ナデシコさん、お菓子あげマス」

突然、ケビンがさっきのお香を三つ、テーブルの上に置いた。田中刑事はちらりと見たあとで、それをぴっぴっと指で弾き飛ばす。

「馬鹿にしてんの？　これ、お香よ。当麻友二郎の部屋に燃えた灰があったって言ったでしょ」

「That's right」ケビンはにっこり笑った。

「そのジョーク、さっき優作にもやったな。気に入ってんのか？」

投げやりな気持ちで突っ込むと、ケビンは人差し指を立てた。

「犯人、優作さんジャナイ。その証明デス」

「はあ？」

「友二郎さんの部屋のお香、焚いたの、友二郎さんデハナク、犯人デス」

「どうしてそんなことが言えるのよ？」

田中刑事が挑戦的な笑みを浮かべる。

「空気清浄機ついてたと、浦辺さんは言いマシタ。お香焚くとき空気清浄機ついてタラ、せっかくの香りなくなってしまいマス」

田中刑事は鼻で笑う。

「日本人を買いかぶりすぎよ、ケビン。面倒くさがりな人やずぼらな人は、空気清浄機をつけたままお香を焚くことだってあるでしょう？」

「他府県の人は知りマヘンケド、空気清浄機をつけたままお香を焚くイケズなんて、京都の人間にはおりマヘン」

妙な京都弁をケビンは口にする。

「このお香を売ってくれたお店の人、教えてくれマシタ。当麻友二郎さんは、京都の人、しかもお香が大好きだった人デス」

ここまで言われると、田中刑事も言い返せないようだった。

「空気清浄機、格子状のクローゼットの中にあって、犯人、見えナカッタ。だからスイッチを切らず、お香を焚いて立ち去ったのデス」

田中刑事は腕を組んで考えたが、

「だからって、犯人が平塚じゃないということにはならないでしょうよ」

「優作さん、『お菓子デス』と言ってこのお香あげタラ、チューチョなく食べマシタ。お香だと知らないデス」

秀次は唖然《あぜん》とした。あれはジョークなどではなく、それを確かめるための行動だったのか。しかし――、

「犯人はどうしてお香なんて焚いたんだよ？」

「においをごまかすためデショウ」

「体臭のきつい犯人だったっていうの？」

田中刑事はまた、馬鹿にしたような笑顔に戻る。

「ナイフの指紋はどう説明するのよ？　当麻兄弟の遺体に突き刺さっていたどっちのナイフも、柄から平塚優作の指紋が見つかっているのよ」

「その疑問も、もう解けマシタ」

「なんだと?」田中刑事より先に秀次のほうが反応してしまった。「本当か、ケビン?」

「Probably. ナデシコさん。ナイフの出どころ、まだワカラナイ。ドウデスカ?」

「……ええ。柄の部分が特徴的で、市販のものではないみたい。でも、海外のマニアックなスニーカーを買い求める趣味がある人間よ。海外まで捜索の範囲を広げたら、きっと見つかるわ。むしろ、確固たる証拠になる」

「ところで、当麻のお兄さん、弟さん、どっちの部屋からも、優作さんの指紋がついているはずの場所についていなカッタ。どうデスカ?」

　田中刑事の顔色がさっと変わった。

「な、なんで知ってるの?」

「ナデシコさん、すぐ顔に出る。正直なの素敵デス。でも、警察にとって都合のよくない疑問ほっとくの、ヨクナイネ。ぼく当てマス。優作さんの指紋、当麻友一の部屋のドアノブについてナカッタ」

「だから、なんで知ってるのよ!」田中刑事は立ち上がる。

「ドアノブに指紋がついてなかっただって?」

　秀次は訊ねた。

「いいじゃないのそんなことは。逃げるときに手袋をはめたのよ！」

「入ってくるトキ、どうシマス？　手袋して部屋に入って、手袋脱いでナイフ使って殺シテ、また手袋はめて部屋を出る。これ、日本の作法デスカ？　ミョーデス。ミョースギルデス」

そしてケビンは追い打ちをかけるように早口で、「こうジャナイデスカ？」指紋に関するある推理を披露した。——田中刑事と秀次はそろって「あっ！」と声を上げた。

「そんな……そんなことが……」

「それ以外、考えられマセン」

ケビンは平然と言い放ち、円錐状のお香を回収した。

「だけど、誰が犯人だっていうのよ！」

「優作さんの取り調べ、終わったら、それ、きっとワカリマス」

秀次は田中刑事と顔を見合わせた。どういうことだ？　この侍の格好をしたアメリカ人留学生は、東京と京都で起きた不可解な事件の真相を看破している……？

「失礼します」

扉が開き、浦辺が入ってきた。

「平塚優作の取り調べが一段落つきました。憔悴《しょうすい》しきっています。依然、犯行は否定したままです」

「浦辺さん、昨日、伏見稲荷大社のあと、どこに行ったと優作さんは言ってマシタカ？」

ケビンが不躾《ぶしつけ》に訊ねる。そういえば、優作が京都に来てからのことを聞いていなかった。

「『やっぱり西本願寺へ来てくれ』と網山からメッセージが入ったと言っています。それで、西本願寺へ向かったそうですが……」

「えっ？　ちょっと待ってくれ」秀次は思わず浦辺を止めた。「西本願寺だって？　三十三間堂じゃなくて？」

「はい。彼のスマートフォンを私も見ましたので間違いありません」

どういうことだ……その疑問が氷解したとき、すべてが頭の中でつながった。

「ヒデさんも、わかったようデスネ」

ケビンが笑った。

十

大堰川《おおい》がゆったり流れる向こうに、緑をたたえた山々が横たわる、古き良き京都の景色――嵐山は、京都でも一、二を争う観光スポットだ。その嵐山のシンボル的存在、渡月橋《とげつきょう》の両端の人波が止められている。橋の上には撮影スタッフが固まり、二人の俳優の掛け合いを撮影していた。

もう五時に近いというのに、川沿いの歩道にはずらりと見物人が並んでいる。車道を隔てたこちら側は土産物屋が立ち並ぶ通りになっていて、その中のオープンカフェに、秀次とケビンは田中刑事と共に座っていた。

「撮影が休憩に入ったそうで、お連れできました」

浦辺が撮影クルーの一人を連れてやってきた。秀次もケビンもよく知っている顔だった。

「なんや。刑事さんが呼びに来たからついてきたら、また君たちか。あんまり仕事、邪魔せんといてくれ」

橋野は笑った。

「俺たちが太秦映画村にいることを通報したの、橋野さんだったんだな？」

「なんやて？」

その頬がこわばるのを、秀次は見逃さなかった。

「昨日、伏見稲荷大社の近くで優作を捜している俺たちに出会えたのは幸いだったな。案内を買って出て俺たちを三十三間堂から八坂神社まで連れ回したのは、西本願寺へ向かわせた優作と会わせないためだったんだ」

「何をゆうてんのか」

「警視庁の田中よ」

　警察手帳を提示すると、田中刑事がしゃべりだした。

「当麻兄弟の詐欺グループには〝ビャクダン〟と呼ばれる仲間がいた。海外の珍しいスニーカーの写真を加工したり、時にはそっくりな偽物を造ったりする器用な人間だということがわかっているけれど、その素性は明らかではないわ」

　田中刑事は橋野の顔から眼を離さずに淡々と言葉を並べる。

「当麻兄弟は殺害される前、銀行口座から百万単位の金を下ろしているけれど、それが現場からごっそり消えている。騙された者が金を取り返した可能性もあるけれど、騙し取った金を独り占めするために仲間の一人が裏切ったという話のほうがありそうよ」

「なんでそんな話を俺にするのかわからへんな」

「あなたがビャクダンだからよ。彼らに金を騙し取られた恨みを持つ大学生を探し出し、網山という別の男の名を使って連絡を取り合った。そして、当麻を殺して金を奪い、その罪を大学生になすりつけようとした」

「まさか」

　橋野は笑った。

「俺はその事件、テレビのニュースでしか知らんけど、金を騙し取られた大学生の指紋がナイフについてるっちゅう話やなかったか」

「ええ。でも、レバー式のドアノブに平塚の指紋はついていない」

始まった。ケビンの推理をまるで自分の推理であるかのようにしたり顔で話す、田中撫子の得意技だ。

「ずいぶん大胆なことをしたものね。ドアノブをナイフの柄に加工するなんて」

「なんやて？」

「あなたはきっと、当麻友一のマンションに行ったことがあるのでしょう。そこで見た部屋にあったのとまったく同じ大きさ、同じ位置に蝶番《ちょうつがい》のついたレバー式ドアノブのドアを用意した。普通の人ならドアを用意するなんて至難の業だけれど、撮影所の人間なら簡単だわ」

立て板に水といったように田中刑事はまくしたてる。

「用意したドアのノブをカットして、あとでナイフの柄にするように特殊加工を施した金属のパーツを取り付けておく。東京までトラックでそのドアを運び、当麻友一を殺害し、蝶番を外して本物のドアと持ってきたドアを付け替えた。こうしてすべてを準備したうえで、部屋に隠れ、駅で待っている平塚を呼び出した」

橋野の思惑通り部屋に現れた優作はドアノブを握って部屋に入り、ソファーの陰の当麻友一の死体を見て腰を抜かし、再びドアノブを握って部屋から出た。これで、表裏二つのドアノブに優作の指紋が付着するというわけだった。

「平塚が去ったあと、あなたはドアノブから外したパーツにナイフの刃を取り付け、本物の凶器である包丁と取り替えた。そのあと、ドアももちろん本物に戻しておいたのよね」

「太秦の小道具係のシンコッチョーデス」

合いの手のように言うケビン。秀次は映画村でケビンが「What a Japanese!」の決め台詞《ぜりふ》を叫んだときのことを思い出していた。興奮して思わず口走ったのかと思っていたが、あのときにやはり、真相を看破していたのだ。

「ところが橋野さん、あなたは二つ、誤算をしていた。平塚の指紋をつける細工をしたため、本物のドアノブには指紋がつかなかった。ちなみに、玄関のドアノブにはべったりと平塚の指紋がついていたわ。部屋のドアを開閉するときだけ手袋をはめるなんて、どう考えても不自然だものね」

あんたそれ、無視しようとしてたろ……。

「二つめの誤算は、指紋のつき方よ」何事もなかったかのように田中刑事は続ける。

「ドアの表裏のドアノブを同じ右手で握った場合、二つのドアノブの指紋のつき方は逆になる。ナイフの柄に加工したときに、刃に近いほうに親指がくる握り方と、刃から遠いほうに親指がくる握り方よね」

当麻友一の死体に刺さっていたナイフの指紋に違和感がなかったのに、友二郎の死体のナイフが妙な握り方になっていたのには、そういう理由があったのだった。

「以上の理由から、私はこのトリックに気づいたわ。どう？」

おいおい……。ケビンを横目で見るが、まじめにうなずいているだけだ。

「長々とつまらん話を、おおきに。ぶぶ漬け勧めたろか、思いましたわ」

橋野は歪んだ笑みをみせた。

「Oh！　ブブヅケ！　京都の人、嫌いな人に帰ってほしいトキ、本当に言いマスカ！」

意味不明の感動をしているケビンに、橋野は調子が狂ったようだった。田中刑事のほうを見て言葉を継ぐ。

「それをやったんが俺やという証拠はありますん？　ドアノブの外れたドアが、俺の家の机の引き出しん中から見つかったんやろか？」

「ずるがしこいあなたのことよ、きっと京都に戻るあいだ、琵琶湖《びわ》にでも捨ててしまったのでしょう」

「京都の人間が命の水源の琵琶湖を汚すかいな。捨てるんなら太平洋やろ」

「じゃあ、そうしたのね？」

「さあ、捜してみたらええ。太平洋ってきっと、琵琶湖よりうんと広いんやろなあ」

田中刑事の追及を、いちいち婉曲《えんきょく》なとぼけ方でかわす橋野。ケビンはそれすらも楽しんでいるようで笑みを崩さない。

「ご心配なく。別の証拠が見つかるわ。琵琶湖よりうんと狭い、当麻友二郎の部屋でね」

「ええかげんにし。俺はその当麻なんたらの部屋には行ったこともない。東京のも、京都のもや」

「当麻友二郎の部屋、お香が焚かれていたの。当麻本人ではなく、犯人が焚いていったものと思われるわ」

空気清浄機の件を、田中刑事は話した。

「さて、それじゃあ犯人はどうしてお香を焚いていったのか。何かの匂いをごまかすためよ。自分が当麻友二郎の部屋にいたという確固たる証拠をね」

「ビャクダン」

ケビンが口をはさむ。

「当麻兄弟と一緒に詐欺をしていた人のハンドルネーム。ビャクダンは、香木の一つ。粉にして、匂い袋に使われマス」

「匂い袋と言えば」秀次も続いた。「橋野さん。昨日肩掛けカバンに下げていた匂い袋はどうしたんだ？」

橋野は秀次に射るような目を向けたが、すぐに柔らかな顔になった。

「今朝、うっかり便器に落としてな。そのまま流してしもうたわ。新しいの、明日買いにいくねん」

「六角通《ろっかくどおり》の、《明鶴堂《めいかくどう》》ね」

「おや、刑事さん、知ってますの」

「知ってるも何も、さっき行ってきたばかり。匂い袋の専門店ってたくさんあるのね。あなたの行きつけを探すのに、苦労したわよ。浦辺」

「はい」

スーツのポケットから一枚の紙を取り出す浦辺。

「白檀3、安息香1、乳香1……」

匂い袋の成分を読み上げる浦辺の横で、橋野の顔が険しくなっていく。

「以上、《明鶴堂》における、橋野さんの匂い袋の成分です。オーダーメイドだそうで、この割合は橋野さん専用です」

「私の目にははっきり見えるわ。あなたに腹部を刺された当麻友二郎は最後の力を振り絞り、犯人のカバンに下げられている匂い袋を引きちぎり、中身を部屋のカーペットにぶちまけた。充満する特徴的な香り。粉末を回収しようにもカーペットの毛足の中に入り込んでしまっているし、血が広がってきている。せめて香りだけでもごまかそうと、部屋にあったお香を焚き、現場をあとにした。……さっき、また鑑識を現場に向かわせたの。カーペットや血液の中から、今読み上げられた割合の粉末が見つかるのは時間の問題」

「他の匂い袋の店で同じ割合の袋を作ってもらってるやつがおるかもしれん」

「おあいにく様。香り成分の粉末の仕入れ先は、店によってバラバラだそうよ。詳しく調べたら、《明鶴堂》のブレンドだとすぐにわかるわ」

「そないうまくいきますかいな」

「とにかくあなたの身柄は押さえさせてもらうわ。あなたの部屋を調べれば何か見つかるでしょう。偽スニーカーの試作品か、当麻兄弟から奪った金か。あなたがビャクダンで殺人犯だという証拠がね」

「黙らんかっ！」

橋野は豹変《ひょうへん》し、プラスチックのテーブルを蹴り飛ばした。

「がふっ！」

テーブルは思い切り田中刑事の腹を直撃した。一瞬のすきに、渡月橋とは逆のほうへ橋野は走り出した。

「待てこらっ！」

かあっと頭に血が上り、秀次は走り出す。ケビンがそれに続く。

「こんなとこで捕まってたまるか。俺は、ガキの頃から伏見のおいなりさんに通って手ぇ合わせて、どうか金持ちにしてください、て願かけてきたんや！　まっずいいなりずしを食い続けてな！　金持ちになるのは当然の権利や！　食らわんか！」

肩掛けカバンの中に手を突っ込むと、何かを道にばらまいた。

「くっ！」

秀次の足は止まる。とげの生えた黒い金具。踏んだら怪我《けが》をする。

「Ｏｈ！」

ケビンがしゃがみこんだ。

「マキビシ！　さすが小道具係デス！」

「拾うな拾うな」

「ヒデさん。これ、伊賀流デスカ？　甲賀流デスカ？」

「知るかっつうんだよ！」

「あんたたち、何やってんのよ！」

後から追ってきた田中刑事に頭をはたかれる。

「もう、あんな遠くに……」

浦辺の指さす先を見る。橋野はすでに三十メートルほど先を走っていた。余裕を見せるように振り返り、舌など出している。

「あいつ——」

と秀次が追おうとしたそのときだった。

橋野の走る脇の土産物屋から何か白いものが飛び出して、橋野の側頭部を直撃した。

「あがっ！」

橋野は倒れ、頭を押さえている。

「今よっ」

田中刑事に続き、まきびしをよけて橋野のもとへ走り寄る。側頭部を押さえたままのたうち回る橋野の手に、田中刑事は手錠をかけた。

「あー、ほんまに申し訳ない」「すんまへん、すんまへん」

土産物屋の夫婦が申し訳なさそうに出てきた。

「この人があんまりうるさいこと、言うもんやで」「お前やろ」「ついかっとなって投げてしもうて。この人、よけるもんやから」「そらよけるやろ」

言い合う夫婦を横目に、秀次は橋野の頭に当たったそれを拾った。

「な……何が……何がぶつかってん？」

充血しきった目で訊ねる橋野に、秀次はそれを見せた。瀬戸物の、白い狐の置物だった。

「京都の素人の俺でもわかるぜ」

憤りを目に宿らせているその男に、秀次は言った。

「伏見稲荷大社が、殺人犯にご利益なんて与えるわけないだろ」

ぐぐ……と、橋野の歯の隙間から息が漏れた。頭を押さえた手で髪の毛をつかみ、心底悔しそうにしていたが、やがて彼はふっ、と寂しく笑った。

「なんや、臨時収入くれへんのかい。……拝んで損したわ」

悠久の都は高い建物がなく、そのぶん空が広い。日本を代表する古都のゆったりした歴史の前に、人間の欲はあまりにちっぽけだった──。

エピローグ
再び、SUKIYAKI

「こちらのお座敷です、どうぞ」

鶯色《うぐいすいろ》の着物を着た女性店員がふすまを開ける。一歩入って、秀次は目を見張った。真新しい畳が敷かれた、八畳間。床の間には平たい器に鮮やかな花が生けられており、掛け軸の中で小枝に止まった小鳥の目が、秀次を捉えていた。

渋い色合いの座卓の中央にはコンロが設置されていて、平鍋が待ち構えている。

——浅草の老舗すき焼き屋《雅久》の座敷。ケビンが「ダディがチケットくれました。行きまショウ」と誘ってきたのは昨日のことだった。「理沙さんも一緒ニ」というケビンの意向で三人で行くことになったが、肝心のケビンは留学生センターの会合があって三十分ほど遅れると、今日になって謝ってきた。

「上州牛の特選ロースセット、三人前でよろしかったですね？」

上品な笑みを浮かべて店員は訊いてくる。予約の内容などまるで聞かされていないが「ああ、はい」と答えた。

「一人は、遅れてきます」

「お先に始めていてほしいとうかがっておりますが、よろしいですか」

はいと返事をすると、彼女はコンロの火をつけた。

「お飲み物のご注文を承ります」

「じゃあ、ビール。理沙は」

「私もビールでお願いします」

「かしこまりました」店員は頭を下げ、ふすまを閉めた。

顔を見合わせ、おかしくなる。同じ教室で机を並べていた高校時代、理沙と二人でこうしてビールを頼むなんて、考えたことはなかった。

「よかったね」理沙が口を開く。

「何がだよ」

「優作くんのこと」

ああ、と秀次はうなずいた。目黒区五本木のスニーカー詐欺師殺人事件の容疑者が《獅子辰寮》の寮生で、京都でも人を殺したらしいという噂《うわさ》はテレビで事件が報道されたあの日に大学中を駆け巡ったが、理沙は朝から他大の図書館に出かけて調べものをしており、知ったのは夕方をすぎてからだった。ヒデ、大丈夫？　と電話がかかってきたのは、橋野が逮捕されてようやく平穏な京都観光をしはじめていた時刻のことだった。

「そうだこれ、忘れないうちに」

秀次はカバンを手繰り寄せる。紅色を基調にした、和紙ふうの紙袋を取りだし、理沙に差し出す。

「土産だよ」

「えー」その黒目がちな目が、大きくなった。

「開けてもいい？」

「ああ」

紙袋の中からは、これまた和風柄の布の筒が現れた。

「何、これ？」

「ペットボトルの保冷カバーだよ。お前、夏場、緑茶持ち歩くだろ？」

理沙は高校時代から、家で作った冷やし緑茶を五百ミリリットルのペットボトルに入れて学校に持ってきている。節約か？　と馬鹿にしたこともあったが、外で買うお茶よりも美味しいというのだった。

「本物の伝統工芸品みたいなのも考えたけど、やっぱ俺には、選ぶセンスないしな。実用的なやつのほうがいいかと思って」

「えー。普通に嬉しいんだけど」

理沙は「ありがと」と自分のバッグにそれをしまった。ひょっとしたら貶《けな》されるかと思っていたので、秀次としては一安心だった。

「ねえ、ペットボトルのカバーっていえばさ、高校のとき、田辺《たなべ》さんがさ……」

ああ、やっぱりその話かと秀次の口は緩む。この土産物を買った時から思い出していたことだった。

田辺というのは秀次や理沙と同じクラスだった気難し屋の女子だ。容姿と成績が共によく人気者な反面、一度反目した相手はとことん攻撃する気性の持ち主だった。あるとき、その田辺が持っていたペットボトルのカバーにペンで落書きがされ、理沙がその犯人として疑われたのだ。

「あれって結局、お前の成績を妬んだ田辺の自作自演だったんだろ？」

「まあたぶんそうなんだけど、一度疑われちゃうとね。あのとき、ヒデのおかげで助かったよ」

落書きがされたと思われる時間、こいつ、ずっと俺と喧嘩をしてたぜ——と、クラス全員の前で秀次は嘘のアリバイ証言をし、理沙の疑惑は晴れることとなったのだった。

「本当言うとね、私はあのとき、ヒデのことね……」

「失礼します」

店員がふすまを開ける。中ジョッキ二つに、肉と野菜の盛られた大皿が用意されていた。

「すみませんお客様、たった今、ご予約のケビン・マクリーガル様からお電話をちょうだいしまして」

「はい？」

「行くことができなくなったから、二人で楽しんでくださいとのことでした」

秀次の脳裏に、ケビンのいたずらっぽい笑顔が浮かんだ。

――だってヒデさん、理沙さんと二人きりがいいデショ？

「あの野郎……」

「いかがいたしますか？　始めてよろしいですか？」

不安そうに訊ねる店員。ビールも肉も野菜も用意され、割り下も温められたこの状況で、「やっぱりいいです」などと断れるわけがない。ちらりと理沙を見ると、大丈夫、というようにうなずいている。

「はい。始めてください」

「かしこまりました」

理沙とビールで乾杯する。喉を、清涼感が駆け抜けていく。

店員が粛々とすき焼きを作っていく。高級すき焼きの前に、さっきまでの高校時代の話は似つかわしくなかった。理沙は居心地悪そうに先付を食べたり、ビールを飲んだりしながら、ただただ黙って鍋を眺めている。

理沙の頬は桃色になっていた。高校の頃、黒目がちで、鼻が小さいその顔を、「かわいい」と言っていた秀次の男友達は一人や二人じゃなかった。このあいだ、《獅子辰寮》でスコップのすき焼きをやった翌日、優作も「理沙さんって彼氏いるのかなあ」などと秀次に絡んできていた。

理沙はまた、ビールを飲んだ。まあ、すごく美人というわけじゃないが、中の上、くらいだとは認めてやってもいい。酒が飲めるところを加味して、上の下に昇格してやってもいい。だけど、成績に対してガミガミ言ってくることや、母親のスパイみたいなことをしている点で、やっぱり中の上に降格……

「こちら、もう召し上がれます」

「はっ！」

秀次の目の前の小皿には、すでに肉と春菊が取り分けられていた。

「卵を、お好みでどうぞ」

「は、はい」気恥ずかしさの中で、秀次は生卵を割り、かき混ぜた。

「何、慌ててんの？」

白けたように理沙が訊ねる。秀次は答えず、肉をつまんで卵に浸し、口に運んだ。

美味い。そう思った瞬間、なぜかケビンの微笑みが見えた。

「What a Japanese! SUKIYAKI!」

「はい？」

店員が不思議そうな顔をする。

「あ、すみません。とてもおいしいです」

顔から火が出るほど恥ずかしい。

「あとはこっちでやりますから、大丈夫です」

笑いながら理沙が言うと、店員は首をかしげながら菜箸を理沙に預け、「失礼します」と出ていった。

ふすまが閉められた直後、理沙は身をよじらせて笑った。

「ヒデ、ケビンに影響されすぎ！」

「うるせえ、とっさに出たんだよ」

菜箸を握ったまま笑い続ける理沙。秀次はしびれを切らし、「貸せ」と菜箸を奪い取り、肉やシイタケ、しらたきの煮え具合を見る。理沙の小皿を取って、取り分けてやった。

「あー、ありがと」

理沙は笑いながら涙をぬぐう。

「それにしても、ヒデの周りにはいい仲間が集まってるよね、ケビンも含めて」

「当たり前だろ」

何をいまさら、という気持ちで秀次は答えた。

「これから夏が始まる。祭りに花火に、イベントが目白押しだ」

あと何年、こんな自由があるかわからない。だからこそ、思い切り楽しんでやるのだ。

「ひとつ、忘れちゃいけないことがあるよ」

理沙は右手の人差し指を立てた。

「富士登山」

「……いいよ、登らなくて」

「ケビンと約束したでしょ？　今年は一緒に帰省しよ。おばさん、待ってるよ」

「いいんだよ」

「寮のみんなも一緒にさ。私も、友だち連れてこうかな」

面倒くせえなと答えつつも、男たちの掛け声が聞こえてきたような気がした。秀次を先頭に、葛飾北斎の赤富士をえっちらおっちらと登っていく《獅子辰寮》のメンバーたち――。

「今、楽しいかもな、って思ったでしょ」

理沙が顔を覗き込んでくる。

「うるせえ。お前も早く食えよ」

理沙は肉と白菜を箸でつかみ、大口を開けた。よく味わった後で、

「Indeed, Japanese」

彼女は笑った。その笑顔を見て、ヒデの中で、思いがけないことが起こった。上の中かもなと、どきりとしたのだ。

「……なんだよ、それ」

「あーあ、ビールなくなっちゃう。日本酒、頼もっか」

わざと乱暴に、注文ボタンを押す。

「当たり前だ！」

ビール一杯で、酔っ払うわけがない。理沙なんかにぼんやりするはずはない。秀次は自分に言い聞かせる。

これはきっと——そう。すき焼きとかなんとか、そういうものを食べたせいだ。

日本という国では、いつ不思議が起きてもおかしくない気がシマス。秀次の頭の中に桜吹雪が舞い、ケビンの言葉が巡る。日本の謎はまだそこらじゅうに溢れ、青春の謎はまだ始まっていないのかもしれなかった。

解説——扉をひらく、物語

三宅香帆

「最近はどこもかしこもインバウンドでなあ」

と、京都でタクシーに乗った時、運転手のおじさんが言っていた。その声には、さまざまな感情が入り混じっていて、何とも言えない複雑さを内包していた。つまり、タクシーの運転手さん的には、京都に人がいなくてがらがらよりは人がいてくれた方が嬉《うれ》しい、が、インバウンドのお客さんが京都へ来ているのは京都の魅力に惹《ひ》かれてというよりも円安で日本が激安天国だからでは？　という懸念がものすごくある、さらには京都にいる人の大多数がもはや国内よりも国外からのお客さんであることに対していくら観光地京都といえどさすがに多すぎるだろうという戸惑いも拭えない……といったさまざまな感情がそこには詰まっていたのだ。そしてその戸惑いを、肯定も否定もできない自分がいた。もちろん日本が観光地として人気になるのは喜ばしいことだが、その理由が日本の「安さ」なのだとしたら、なんだか切ない気分になってしまう。そして国内で生活している人よりも国外からやってくる人を優先するような在り方に対して、複雑な思いを抱えている人の気持ちも、分からなくはないからだ。だが私は今になって、あのタクシーの運転手のおじさんに、こう言えばよかったのだと思いなおしている。

「ねえ、外からやってきた方こそ、日本の魅力を再発見できるものですよ！」

そう言いつつ、本書を手渡せばよかったのだ、と思う。

本作はさまざまな日本文化をテーマに据えた、ミステリ連作短編集である。

ミステリといえば、探偵役と助手は必須であろうが、本作の探偵役は、日本に留学してきたアメリカ出身の大学生ケビン。そしてワトソンさながらの相棒は、ひょんなことからケビンのルームメイトとなった、日本人の大学生・秀次《ひでつぐ》。

なんせ面白いのが、ケビンは秀次よりもよっぽど日本文化に詳しい点である。

ケビンはロサンゼルスから来たのだが、父が旅行会社に勤めており、日本のツアーを担当していた。そのため昔から日本文化に触れており、日本語も覚え、晴れて大学生になって日本へ留学してきたというわけである。彼は提灯《ちょうちん》や手裏剣といった日本のものをコレクションしており、忠臣蔵やイザベラ・バード、葛飾北斎《かつしかほくさい》の絵に至るまで、秀次よりも日本文化のことを知っている。

一方、秀次はさして日本文化には興味のない静岡出身の普通の大学生。しかし、同じ大学の理沙《りさ》や、後輩が所属するサークルのOBが関わっている事件に巻き込まれるうち、ケビンの推理能力に助けられるようになるのだった（ちなみにおそらくあらすじを読んだ読者が想像するよりもずっと、シリアスでなかなか恐ろしい殺人事件が起こったりするので、驚く方もいるのではないだろうか。ちなみに私は第1話を初読した時点で「この小説、そんなシリアスな事件が起きる小説だったの⁉」と二度見してしまった）。

「SAKURA」「FUJISAN」「CHA」「SUKIYAKI」「KYOTO」の5編で構成された物語は、主人公たちの活躍だけでなく、少し癖の強い田中《たなか》刑事や学生寮の仲間たちも関わりながら、日本文化にまつわる謎を次々と提示する。

そのなかでケビンと秀次の大学生探偵コンビは、日本の各所を巡り、日本文化への理解を深めると共にさまざまな事件の謎を解いていく。そしてそれと同時に、秀次と理沙の関係性も少しずつ変化しつつ、学生寮の仲間やケビンと共に秀次は日本文化の魅力を知るのだった。

作家・青柳碧人《あおやぎあいと》の最大の魅力は、ライトな扉をもって、ミステリというジャンルの深みへ、たくさんの読者を連れていってしまうところだろう。

Netflixで映画化され話題になった『赤ずきん、旅の途中で死体と出会う。』の「赤ずきん』シリーズや『むかしむかしあるところに、死体がありました。』の「昔ばなし」シリーズについて、童話や昔話がまさかミステリになるとは、という驚きで小説を手に取った人も多いだろう。しかしその実、本格ミステリの手法がふんだんに使われている。身近な題材で小説を手に取るための扉をつくりながら、彼はミステリの魅力をたくさんの人に伝えることに成功している。

あるいはシリーズ累計発行部数110万部を記録している「浜村渚《はまむらなぎさ》の計算ノート」シリーズは、数学が得意な少女がテロ組織に挑む、というコンセプトが秀逸なのはもちろん、それだけにとどまらず数学やミステリというジャンルへの扉をつくっている。ミュージカル、児童文学、マンガとしても楽しまれる本作は、まさに小説の域を超えて、青柳碧人という作者の「扉をひらく力」がとてつもなく強いことを知らしめる。

ライトさ、という魅力は時に軽んじられたり蔑まれたりすることがある。これは青柳碧人という作家が軽んじられているという意味では決してなく（彼の書いたものを読んでそのような意味で受け止める人もいないだろうが）、小説や物語のもつあらゆる魅力のなかで「ライトさ」という要素は軽視されがちだ、ということである。ライトだからこそ、たくさんの人に受け入れられやすい。ライトだからこそ、入門者も初学者も読みたいと思うことができる。ライトさとはいわば、なにかのジャンルの扉となるものの必須条件なのである。

しかしそのジャンルにどっぷり浸《つ》かってしまうと、ライトさに対して価値を見出《みいだ》さなくなるのが、どうやら人間の悪い癖らしい。本格的で複雑なものを評価し、逆に、手にとりやすく軽く触れられるものを評価しなくなる。

たとえばそれはまるで、「京都の本当の魅力を知っているのは、京都に昔から住んでいる日本人だけだ」「安いからって京都に来た観光客は京都の魅力をわかっていないはずだ」と言いたくなる人のように。あるいは、「日本文化のことを、日本の外からやってきた人間が、評価できるはずがない」「海外の人が楽しめる日本文化なんて、本当の日本文化じゃないんだ」とどこかで苦笑したがる人のように。

――だがそれでは、決して魅力は他者に、伝わらない。

新しく価値を見出す人がいるからこそ、また価値は理解され続けるはずなのに。今すでに存在しているファンだけでは、衰退するばかりなのに。

ライトに触れられる、という価値を、私たちは決して軽視すべきではないと思う。

ケビンと秀次の関係のように、もともと日本に住んでいた人間が知らない魅力を、日本の外から来た人に教えられることはあるだろう。だとすれば、やはりケビンが日本文化にライトに触れ始めたことを軽視すべきではないのと同じだ。私たちはライトさをもっともっと評価していったほうがいいのだろう。本作を読んで、ケビンの日本文化を楽しむ姿勢、そして本作がミステリ小説としての素敵な入口になり得ていることに心打たれ、あらためて私はそんなことを思った。

青柳碧人のミステリ小説は、いま日本で一、二をあらそうほどに、ミステリというジャンルの「扉」をひらく入口になり得ている。青柳碧人の小説は常に読みやすく、そして面白い。青柳作品のなかでもかなりライトな読み口であろう本作においても、作家としての彼の手腕は、いきいきと発揮されている。物語の始まりからは想像していなかった、本格的でシリアスな事件の数々。それを解いていくケビンの日本文化についての持論と華麗なる推理。そしてケビンに影響され、少しずつ探偵役としての務めを果たすようになる秀次の成長。ラブコメ的でもある、秀次と理沙の関係。

ひとつひとつの要素が、本作の魅力となって読者にページをめくらせる。そしてミステリ小説の魅力を本作ではじめて知る人もきっといるに違いない。私はそう確信している。

京都の人が、京都以外の場所から来た人に魅力を教えてもらうことも、きっとある。それと同じで、本作を読んだミステリファンではなかった人間が、いつかミステリの面白さを誰かに語る時が、きっと来るだろう。

扉をひらく力。——それが青柳碧人という才能の一側面であるとしたら、きっとその姿は本作で描かれたケビンたちの姿にも、どこか重なってくる気がしている。

私たちは青柳碧人という作家をとおして、きっとミステリの価値を、再発見しているのだ。

いや、やっぱりあのタクシーの運転手さんに、本書を手渡してくるべきだったなあ。

（みやけ・かほ／文筆家・書評家）

〈引用文献〉

メアリー・フレイザー『英国公使夫人の見た明治日本』
ヒュー・コータッツィ／編　横山俊夫／訳（淡交社）
Mary Crawford Fraser, *A Diplomat's Wife in Japan: Sketches at the Turn of the Century,* Hugh Cortazzi, Ed. Weatherhill

イザベラ・バード『日本奥地紀行』高梨健吉／訳（平凡社）
Isabella Lucy Bird, *Unbeaten Tracks in Japan (English Edition),* Kindle

岡倉天心『英文収録　茶の本』桶谷秀昭／訳（講談社学術文庫）

エラリー・クイーン『ニッポン樫鳥の謎』井上勇／訳（創元推理文庫）
Ellery Queen, *The Door Between (English Edition),* JABberwocky Literary Agency

Lonely Planet Japan 16th Edition, Lonely Planet

〈参考文献〉

『１日１ページ、読むだけで身につく日本の教養３６５』
齋藤孝／監修（文響社）

本書のプロフィール

本書は、二〇二二年六月に小学館より刊行された単行本を加筆・修正して文庫化したものです。

小学館文庫

ナゾトキ・ジパング SAKURA《サクラ》

著者　青柳碧人《あおやぎあいと》

二〇二四年七月十日　初版第一刷発行

発行人　庄野 樹
発行所　株式会社 小学館
〒一〇一-八〇〇一
東京都千代田区一ツ橋二-三-一
電話　編集〇三-三二三〇-五六一六
　　　販売〇三-五二八一-三五五五
印刷所―――大日本印刷株式会社

ISBN978-4-09-407367-6